秋

秋蟬のあかるさ向い

霜夜

花つ

にけり渡り鳥

冬

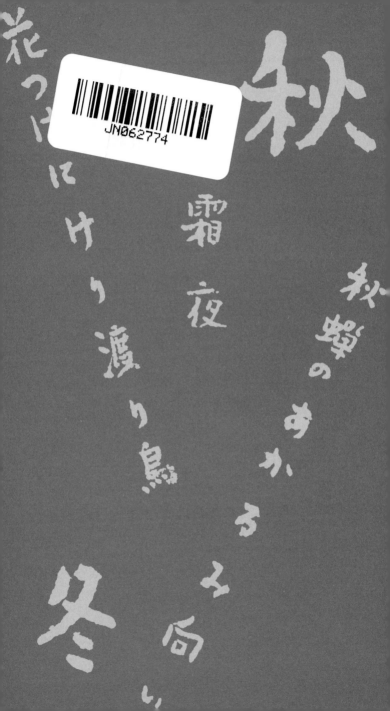

室生犀星句集

改訂版

星野晃一　編

紅書房

軽井沢矢ヶ崎川畔の完成間もない詩碑前の犀星
（昭和36年8月）

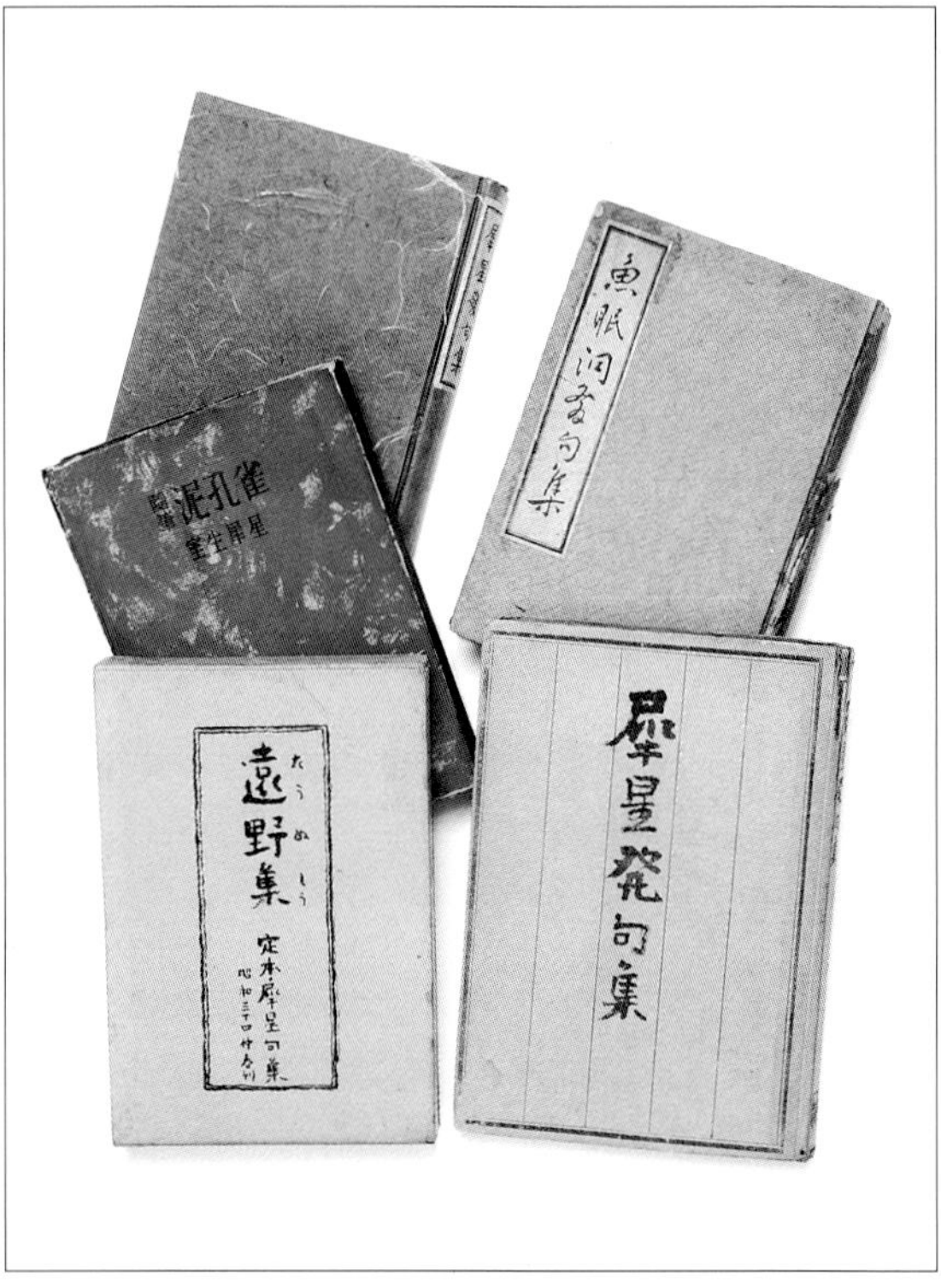

右上　『魚眠洞発句集』（武蔵野書院　昭和４年）
右下　『犀星発句集』（桜井書店　昭和18年）
左上　『犀星発句集』（野田書房　昭和10年）
左中　『随筆　泥孔雀』（沙羅書房　昭和24年）
左下　『遠野集』（五月書房　昭和34年）

はじめに

室生犀星が生前自ら編んだ句集は、『魚眠洞発句集』（昭4、武蔵野書院）、『犀星発句集』（昭10、野田書房）、『犀星発句集』（昭18、桜井書店）、『遠野集』（昭34、五月書房）の四冊であり、その四句集それぞれに収録されている句数は、『魚眠洞発句集』（以下〔魚〕と示す）が二一七句、野田書房版『犀星発句集』（以下〔犀〕と示す）が一二八句、桜井書店版『犀星発句集』（以下〔桜〕と示す）が五二七句、『遠野集』（以下〔遠〕と示す）が一八五句である。しかし、収録句の間にはかなりの重複がみられ、それらを合わせたものが犀星作品の数というわけではない。

四句集のうちで収録句の最も多い〔桜〕の「序」で、犀星は「ここに集めた発句は私の発句としてはその全部である。抹殺したのもかなりある」と書いているが、〔桜〕には、新しい作品に加えて、〔魚〕および〔犀〕収録句のほとんどが収められており、犀星がその時点で〔桜〕を全句集として考えていたことは明らかである。〔魚〕〔犀〕収録句で〔桜〕に収められていない句数は、わずかに〔魚〕が七句、〔犀〕が二三句である。また、〔桜〕と〔遠〕の間での関係はどうかというと、〔遠〕収録句のうち〔桜〕に収められていない作品は、一〇句（〔犀〕にも収められている七句を除く）のみである。つまり、犀星の句集収録作品はすべてで五六七句であり、そのうちの合計四〇句が、〔桜〕収録句以外にあるということになる。

そこで、これらの事実を踏まえた上で、句集に収録された犀星全句を鑑賞するのに最も適当な編み方はどうあるべきかを考え、次のように定めることにした。

1　まず、犀星がその時点で自身の全句集と考えていた〔桜〕収録句を収める。句集や随筆集に収録する際などに推敲され、異同のあるものもあるが、〔桜〕での作をそのまま採ることにした。ただし、〔桜〕五二七句のうち、そこに「雑」として収められている一七句は除いてある。したがって、そこに収めたのは五一〇句である。削除した一七句は「解説」の中に載せ、その理由もそこで記すことにした。なお、〔桜〕収録句で、その句が〔桜〕以外の句集、例えば〔犀〕と〔遠〕にも収められているような場合にはその句の下方、左横に〈犀〉〈遠〉と付し、〈桜〉のみに収められている場合にはその句のみを収め、その句がどの句集に収録されている作品であるかを明らかにした。

2　次に、〈桜〉には収録されず、それ以外の三句集に収められている四〇句を、〈魚〉〈犀〉〈遠〉収録句順に収める。なお、四〇句のそれぞれがどの句集に収められているかは、1の場合と同じく、その句の下方、左横に〈魚〉〈犀〉〈遠〉を付すことによって明らかにした。

3　さらに、随筆集『泥孔雀』（昭24、沙羅書房）に、「犀星発句集」として収められている六〇句を収録する。これに関しても「解説」で触れることにする。

4　各句の発表年または制作年の記録について。雑誌、新聞等への初出年を確認できたものは、その年を、その句の下方、左側に「大14」「昭4」のように示した。また、日記、書簡等で制作年を確認できるものは、その年を優先して、初出年と同じように示した。なお、初出年、制作年の不明な句に関しては、その句の収録されている句集、随筆集等の発行年以前にその句が制作されていることを、「大14前」「昭

4前」のようにして示した。

5　季語及び季節の分類、句の配列について。現在一般に流布している歳時記のそれとは異なるものがあるが、犀星の編んだ句集のままとした。

6　文字づかい等について。本句集はそれぞれの句集初版本を底本とし、仮名づかいは旧仮名づかいのままとし、漢字は新字体に改めた。また、難読と思われる漢字には旧仮名づかいによる振仮名を付した。なお、明らかな誤植は訂正した。

編者　記す

室生犀星句集　改訂版——目次

※見返し文字・室生犀星『遠野集』他より
表紙装画・木幡朋介

室生犀星句集

改訂版

Ⅰ

『犀星発句集』（桜井書店版）

雪ふるといひしはかりのひとしつか　犀星

（注）自筆墨書

序

ここに集めた発句は私の発句としてはその全部である。抹殺したのもかなりある。十八九歳の頃からの句もあれば五十を過ぎた句もあるが、発句で堂に入るといふことはもう私などには到底出来さうにもない、はるかに遠い道であつた。これからも私はふたたび堂にはいらうとは思はないものである。

発句ではただ一つの道をまもり、そこを歩きつゞけることができたかどうかも問題である。私は一つの奥をきはめたことすら、甚だ覚束ないと考へてゐる。

犀星

▼新年▲

新年

新年の山見てあれど雪ばかり
昭9前〔犀〕〔遠〕

新年の山重なりて雪ばかり
昭11〔遠〕

新年の山のあなたはみやこなる　昭11

新年の山襞に立つ烟かな　昭11〔遠〕

元日

元日や銭をおもへばはるかなる　昭13

元日や山明けかかる雪の中

昭4前〔魚〕〔遠〕

初日

寒竹の芽の向き初日さしにけり

大15〔魚〕〔遠〕

若水

若水や人の声する垣の闇

昭2〔魚〕〔遠〕

お降り

お降《さが》りや新《しん》藁《わら》葺《ふ》ける北の棟

昭3〔魚〕

世を侘ぶる屋根はトタンかお降りす

昭4前〔魚〕

雑煮

何の菜のつぼみなるらん雑煮汁

昭3〔魚〕〔遠〕

鍬初

鍬はじめ椿を折りてかへりけり

昭3〔魚〕〔遠〕

買初

買《かひ》初《ぞめ》の紅鯛吊す炬燵かな

昭3〔魚〕〔遠〕

若菜

若菜籠ゆきしらじらと畳かな

昭3〔魚〕〔遠〕

松の内

古き世の顔も匂ふや松の内　昭9〔犀〕

左義長

くろこげの餅見失ふどんどかな　昭3〔魚〕〔遠〕

坂下の屋根明けてゆくどんどかな　昭3〔魚〕〔遠〕

▼春▲

立春

春立や坂下見ゆる垣のひま
昭9前〔犀〕〔遠〕

春立や蜂のはひゐる土の割れ
昭5

春の山
朝鮮

春の山らくだのごとくならびけり　昭12〔遠〕

春日

竹の風ひねもすさわぐ春日かな　大15〔魚〕

春の日のくれなんとして豆にえぬ　昭16

楢崎勤が尾の道の鯛をおくれる返しに

鯛の尾のあみがさはねる春日かな

昭10前〔犀〕

小島政二郎に

瓶の酒にいつか春日の移りけり

昭16〔遠〕

籠の戸に鶲《ひよ》いで入りつ春日なれ

昭14

はるびんに春の日させばうれしもよ　昭12

竹村君に馬鈴薯をねだりて

一俵の馬鈴薯ひらく春日かな　昭16

馬鈴薯に春日ふふみつ着きにけり　昭16

歯のうきてひと日の春をこもりけり　昭16

春の夜

春の夜の乳ぶさもあかねさしにけり　昭10〔犀〕〔遠〕

歯にあてる春夜てのひらほてるかな　昭16

淡雪

淡雪の寺々めぐりやつれけり

昭9〔犀〕〔遠〕

春もややや瓦瓦のはだら雪

昭16前〔遠〕

冴え返る

今宵しかない酒あはれ冴え返る

昭16

冴ゆる夜のかつてに雪駄ならしけり
昭10前〔犀〕

生きのびし人ひとりゐて冴え返る
昭14

筆えらぶ店さきにゐて冴え返る
昭16〔遠〕

枯枝のさきそろひゐて冴え返る　昭16前

余寒

ごみ箱のわきに炭切る余寒かな　昭14

枝のとがりにさはるにあらぬ余寒かな　昭16前〔遠〕

ひなどりの羽根ととのはぬ余寒かな　大14〔魚〕〔遠〕

京都七条
ひそと来て茶いれる人も余寒かな　昭9〔犀〕〔遠〕

京都四条
おほきにといひ口ごもる余寒かな　昭9前〔犀〕

日はありて余寒しみぬく松葉かな
昭13〈遠〉

春寒

春寒や葱の芽黄なる籠の中
大14〈魚〉

校正自嘲

春寒や渡世の文もわきまへず
昭9〈犀〉

春寒きとげのある枝おろしけり
昭15

木いちごの芽のさき枯れて春寒き
昭4前〔魚〕

別れ霜

苗藁をほどく手荒れぬ春の霜
昭3〔魚〕

残雪

残雪やからたちを透く人の庭　昭2前〔魚〕

金沢

藪の中の一町つづき残る雪　大13〔魚〕〔遠〕

空谷山房

雪凍てて垣根のへりに残りけり　昭10前〔犀〕〔遠〕

雪解

金沢犀川

石斑魚《うぐひ》に朱いすぢがつく雪解かな

大13〔魚〕

炭俵に烏樟《くろもじ》匂ひ雪解かな

昭5〔遠〕

春雨

春雨や明けがた近き子守唄

昭2〔魚〕

枯草の中の賑ふ春の雨　昭5〔遠〕

睡たさよ筆とるひまの春の雨　昭16前

麗か

麗かな砂中のぼうふ掘りにけり　昭2〔魚〕〔遠〕

靴みがきうららかに眠りゐたりけり　昭10前〔犀〕

花杏はたはた焼けばかすみけり　昭16〔遠〕

霞

日永

金沢

はたはた干し日の永さを知る　大14前〔魚〕〔遠〕

春の埃

奉天

春埃奉天に来て虹を見し

昭12

陽炎

西新井村平木二六居

陽炎《かげろふ》や手欄《てすり》こぼれし橋ばかり

昭3〔魚〕

馬込村

葱の皮剝がれしままにかぎろひぬ

昭9前〔犀〕〔遠〕

東京 大田区馬込 万福寺境内句碑

春愁

春愁に堪へず笑ひこかしたり　昭10前〔犀〕

はるびんのみ寺よはるの祈なる　昭16前

春昼

昼深く春はねむるか紙しばゐ　昭10前〔犀〕〔遠〕

水温む

石蕗《つはぶき》の茎起きあがり水ぬるむ
昭2前〔魚〕

囀り

森をぬく枯れし一木や囀りす
昭3〔魚〕

帰雁

屋根石の苔土掃くや帰る雁
昭3〔魚〕

蛙

昼蛙なれもうつつを鳴くものか　昭10〔犀〕

頬白

頬白や耳からぬけて枝うつり　昭10前〔犀〕〔遠〕

鶯

七日あまり鶯啼きてはる立ちぬ　昭16〔遠〕

春の鯀

子供らの魚籠《びく》の鯀《ごり》みな生きてゐる　大13〔魚〕

浮《うき》鯀《ごり》の浮きも泳げる春日かな　昭11

鯀のぼる瀬すぢは花の渦となり　昭11

鮴の串日はみんなみにかたよれり　昭11

蝶

蝶の腹やさしくは見る歯朶《しだ》の上　昭10前〔犀〕〔遠〕

涅槃会

おねはんの忘れ毬一つ日暮かな　昭3〔魚〕

畑打

春蟬や畑打ねむき昼下り　昭3〔魚〕

凧

凧のかげ夕方かけて読書かな　昭3〔魚〕

凧の尾の色紙川に吹かれけり　昭3〔魚〕

若草

悼亡

若くさの香の残りゆくあはゆきや

大15〔魚〕

長野県駒ヶ根市　下島家墓碑　碑陰

雛

ねこ柳のほほけ白むや雛の雨

昭2〔魚〕

あはゆきとなるひひなの夕ぐもり

大14〔魚〕〔遠〕

金沢川岸町

雪みちを雛箱かつぎ母の来る　大13〔魚〕

母よりの贈物を得て

古雛を膝にならべて眺めてゐる　大13〔魚〕

梅

教科書まとめしまひつ梅の花　昭17前〔遠〕

井戸端で茶碗すすげり梅の花　昭16

梅が枝にしぐれかかりて茎漬ける　昭17前

金沢川岸町

硝子戸に梅が枝さはり固きかな　大13〔魚〕

紅梅もまじる雑木のほめきかな

昭8〔犀〕

遠つ峰《を》の風ならん障子の梅うごく

大13〔魚〕

紅《う》梅《め》さげしをみなに道をたづねけり

大10〔犀〕〔遠〕

高柳真三君に

梅に机を置き君が母老いぬ

大13〔魚〕

まひら戸のつやや見に寄るや梅の花

昭9前〔犀〕

子供らや墨の手あらふ梅の花

昭10〔犀〕

石川県小松市　山本美勝庭内句碑

庭さきやあさめしこげて梅うるむ
昭9前〔犀〕〔遠〕

ぼろぼろの机買ひけり梅の花
昭4前〔犀〕

藁屋根に斑《はだ》ら雪見ゆ梅の花
昭9前〔犀〕〔遠〕

障子張るや艶《つや》吹き出でし梅の枝
昭2〔魚〕

萩原朔太郎居
梅が枝にこその糸瓜《へちま》も下りけり
昭5

新小梅町堀辰雄の家
梅の束もたらせてある茶棚かな
昭3〔魚〕〔遠〕

大森即事

潮ふくむ風匂ふ梅の朝《あした》かな　昭5

あさごとに梅おほぎ見しがうるみけり　昭11

みなさんによろしくといひ梅日和　昭16

梅咲きぬ仰ぎ見つあはれ日々のわれ　昭18前

梅咲きぬ食ふ銭ありて美しき　昭11

うめと呼びしが粥をつくりてくれにけり　昭16

蕗の薹

枯笹や氷室すたれし蕗の薹　昭2（魚）（遠）

日だまりの茶の木のしげり蕗の薹　昭3（魚）

古垣の縄ほろと落つ蕗の薹　昭11前（遠）

木の芽

空あかり幹にうつれる木の芽かな

昭2〔魚〕

深谷温泉

山深くなり芽立ちまばらなる

大14前〔魚〕〔遠〕

下萌

柴焼いて下萌の風起りけり

昭2〔魚〕

下萌や薪をくづす窓あかり
昭2前〔魚〕

少女らのむらがる芝生萌えにけり
昭10〔犀〕

蕨

峠路やわらびたけてぼうぼうの山
昭10〔犀〕〔遠〕

すみれ

背戸べりに菫ならびつ故山なる

昭16〔遠〕

竹の葉を辷る春日ぞ藪すみれ

昭2〔魚〕

湯ヶ島村落

壺すみれ茶をのむ莚しきにけり

大14〔魚〕〔遠〕

澄江堂に

うすぐもり都のすみれ咲きにけり

大13〔魚〕

旅順

いつしかに旅順に菫匂ひけり

昭13〔遠〕

一人静

君が名か一人静といひにけり

昭10前〔犀〕

てつせん

てつせんの花のぼりけり梅の洞《ほら》

昭10〔犀〕

竹

病中

藪中や石投げて見る幹の音

昭2〔魚〕

芽

満洲

ほそぼそと荒野の石も芽ぐみけり

昭12〔遠〕

くわゐ

慈姑《くわゐ》の子の藍いろあたま哀しも　大13〔魚〕

餅草

餅草や砂渦の立つ曲り道　昭5

野田山村落

餅草の匂ふ蓆をたたみぬ　昭4前〔魚〕〔遠〕

山吹

みちばたの山吹はみな折られけり
昭5〔犀〕

山吹やもの思はするよべの雨
昭5

山吹に枯枝まじる余寒かな
昭5

ふるさとや白山吹の町のうら　昭16〔遠〕

たんぽぽ

乳吐いてたんぽぽの茎折れにけり　大15〔魚〕〔遠〕

たんぽぽの灰あびしまま咲きにけり　明40〔魚〕〔遠〕

行く春や蒲公英《たんぽぽ》ひとり日に驕る　明40〔魚〕

土筆

犀川

瓦屑起せばほめくつくしかな　昭3〔魚〕〔遠〕

菜の花

辛し菜の花はすこしく哀しからん　昭3〔魚〕

梨

冬越えの梨うつくしや草の家

昭16前

つつじ

曲水の噴上げとなるつつじかな

昭3〔魚〕

桜

さくら木にさくら一杯につきにけり

昭16

桃

母より干鰈送り来る

干《ほし》鰈《がれひ》桃散る里の便りかな

昭2〔魚〕〔遠〕

長女登園

桃つぼむ幼稚園までつき添ひし

昭3〔魚〕〔遠〕

花散る

花あはれ泥《ど》鰌《ぢやう》もあそぶ芥沼

昭18〔犀〕〔遠〕

朝ごとや花掃きよせつ歯のいたみ　昭10前〔犀〕

ほろほろとあせびの花のちる春か　昭16前

晩春
金沢

おそ春の雀のあたま焦げにけり　昭3〔魚〕〔遠〕

行春

「加賀手毬唄集」を読む

行春や版木にのこる手毬唄

昭9〔犀〕〔遠〕

金魚売出でて春行く都かな

明40〔魚〕

▼夏▲

夏

夏あはれ生きてなくもの木々の間《あひ》

昭11

夏寒

夏寒や煤によごるる碓氷村

昭3〔魚〕

軽井沢

夏寒き白粥煮るや古火桶

昭3〔魚〕

夏の日

夏の日の匹婦の腹にうまれけり

昭16前

夏昼

ひさかたの雨頻にめでつ夏昼かな

昭16

炎天

炎天や瓦をすべる兜虫　昭12〔遠〕

龍之介忌

硝子戸に夕明りなる蠅あはれ　昭16

同

煤けむり田端にひらふ蛍かな　昭8〔犀〕〔遠〕

同

足袋白く埃をさけつ大暑かな

昭16前〔遠〕

鮎

鮎をやく山ざとならば寒からん

昭8〔犀〕〔遠〕

鮎の香のなまめしきままつきにけり

昭16

やまめ

信濃坂本町

とうふややまめ生きゐる山《やま》筧《かけひ》　昭10前〔犀〕

ゆとん

渋ゆとんくちなしの花うつりけり　大14前〔魚〕〔遠〕

避暑

避暑の宿うら戸に迫る波白し　明40〔魚〕

涼しさ

軽井沢

風のない涼しさよしんと葉波立ち

昭14

鮓

鮓の石雨垂れの穴あきにけり

昭3〔魚〕

夏書

追分なる堀辰雄の宿

屋根瓦こけづく里の夏《げ》書《がき》かな

昭10前〔犀〕

暑さ

暑き日や桃の葉蝕はる枝ながら　昭2前〔魚〕

かくれ藻や曇りてあつき水すまし　昭2前〔魚〕

赤蜂の交りながらも暑さかな　昭16前

短夜

車中

近江らしく水光りゐて明け易き

昭12〔遠〕

白南風

白秋氏歌集「白南風」を読む

白《しら》南《は》風《え》や背戸を出づれば杏村

昭9〔犀〕

梅雨

穴ありうごくものゐて梅雨あがり

昭10前〔犀〕

梅雨ばれのきらめく花の眼にいたく
昭10前〔犀〕

夏山

浅間山
山やけて天つ日くらしきりぎりす
昭11

浅間山
焼けし後浅間に見ゆるやつれかな
昭11

夏の山干《ひ》魚《うを》のまなこの光るかな

昭16前

蟬

蟬一つ幹にすがりて鳴かずけり

昭18前〔遠〕

朝ぜみの幽《かそ》けき目ざめなしけり

大13〔魚〕

ふるさとや松に苔づく蟬のこゑ
大14〔魚〕

かたかげやとくさつらなる蟬のから
昭2前〔魚〕〔遠〕

軽井沢
山ぜみの消えゆくところ幹白し
昭2〔魚〕

蜻蛉

とんぼうの腹の黄光り大暑かな　昭15

夏痩

夏やせと申すべきかやや頬あかり　昭12

日盛り

日ざかりや廂にのぼるかぶと虫　昭16前

硯《けん》屏《びやう》に日盛りの草うつりけり　大14〔魚〕

信濃追分

屋根瓦こけにうもれつ日の盛り　昭10前〔犀〕〔遠〕

七夕

こよひ逢はざるべからず機織女　昭16前

星と星と話してゐる空あかり
昭10前〔犀〕

風鈴

山ざとに風鈴きけばさびしもよ
昭16前

夕立

夕立やかみなり走るとなりぐに
昭16前

ぼうふら
孤篷庵

つくばひのぼうふらさへも古りにけり

昭12

かいつぶり
片山津温泉

波もない潟がくれるよかいつぶり

大13〔魚〕〔遠〕

馬蠅

馬蠅の鏡をすべり飛びにけり

大14前〔魚〕〔遠〕

蟻ぢごく

昼ふかく蟻のぢごくのつづきけり

昭10前〔犀〕〔遠〕

水鶏

百田宗治に

水鶏《くひな》なく里のはやねと申すべし

昭8〔犀〕

蝸牛

蝸牛の角のはりきる曇りかな

大13〔魚〕〔遠〕

蛍

竹の葉の昼の蛍を淋しめり　昭3〔魚〕

蛍くさき人の手をかぐ夕明り　昭3〔魚〕〔遠〕

蛍かご入日を移し哀れがる　昭5〔遠〕

竹の子

草庵別離

竹の子の皮むく我もしばらくぞ

昭4前〔魚〕

桜んぼ

さくらん坊の返し竹村君に

さくらごをたたみにならべ梅雨の入り

昭15

さくらごは二つつながり居りにけり

昭14

さくらごの籠あかるさよ厨《くりや》口《ぐち》　昭15

青梅

青梅や茅葺きかへる雨あがり　大15〔魚〕

伊豆下田

青梅も葉がくれ茜さしにけり　大15〔魚〕

朝拾ふ青梅の笊《ざる》ぬれにけり　大15〔魚〕

伊豆湯ヶ島

炭ついで青梅見ゆる寒さかな　大15〔魚〕〔遠〕

金沢

青梅や築地くえゆく草の中　昭2前〔魚〕

青梅や足駄をさせる垣の枝　昭4前〔魚〕

青梅の臀《しり》うつくしくそろひけり　昭9〔犀〕

青梅も茜刷《は》きけり臀のすぢ　昭10前〔犀〕

竹村俊郎に

庭ごけやかごをこぼれる梅の数

昭8〔犀〕

白鳥省吾を訪ふ

青梅やとなりの檜葉《ひば》もさし交す

昭3〔魚〕

若葉

澄江堂金沢を去る

山房の灯《ひとも》らずなり若葉老ゆ

大13〔魚〕

わらんべの洟《はな》もわかばを映しけり
昭9〔犀〕〔遠〕

をんなごの顔剃らせゐる若葉かな
昭10前〔犀〕〔遠〕

岩村田にて
くるわ廃れて松のみどりのもゆる也
昭16前

石榴の花

塗り立てのペンキの塀や花ざくろ

明40〔魚〕

芥子の花

しら芥子《けし》や施米の桝《ます》にほろと散る

昭3〔魚〕

あやめ

金沢よりあやめを移し植ゑて

岡あやめ訪ふひとはみな乙女つれ

昭10前〔犀〕

にさんにちむすめあづかりあやめ咲く　昭10〔犀〕

糸巻きに糸まかれゐるあやめかな　昭10〔犀〕〔遠〕

しほらしや鬼が島根のあやめ咲く　昭16前

芭蕉

芭蕉玉巻のぼる暑さかな

大14〔魚〕

ひんがしに芭蕉の花の向きにけり

昭8〔犀〕〔遠〕

茨の花

澄江堂墓参

江漢の塚も見ゆるや茨の花

昭3〔魚〕

葱の花

伊豆街道

昼近き雨落着くや葱の花　大14（魚）

藤の花

湯ヶ島

藤の花温泉《ゆ》どころの灯の見えにけり　大15（魚）

やまめ焼く宿忘れめや藤の花　大15（魚）

草いきれ

鉄といへる飼犬のむなしくなれば

とらの子のとらの斑《ふ》も見ゆ草いきれ　昭8〔犀〕

ぎぼし

田端草庵

ぎぼし咲くや石ふみ外す葉のしげり　昭4前〔魚〕

杏

あんずの香の庭深いふるさと　大13〔魚〕

あまさ柔かさ杏の日のぬくみ　大13〔魚〕

あんずあまさうなひとはねむさうな　昭9〔犀〕〔遠〕

あんずほたほたになり落ちにけり　昭9〔犀〕〔遠〕

あんずにあかんぼのくその匂ひけり　昭9〔犀〕

あんずあまさうな雑木の門がまへ　昭9〔犀〕

ほたほたの杏堪へきれず落ちにけり　昭10前〔犀〕

杏おちる屋根板の干反り輝けり
昭18前

となり家の杏落ちけり小柴垣
大15〔魚〕

昼顔

昼顔に浅間砂原あはれなり
昭3〔魚〕〔遠〕

昼顔や海水あびに土手つたひ　昭3〔魚〕

晩夏

夏深く山気歯にしむ小径かな　昭9〔犀〕

夏名残

朝日さす町の埃や夏名残　昭18前

秋待

秋待や径ゆきもどり日もすがら　昭13〔遠〕

秋近し

秋近や落《か》葉《ら》松《まつ》うかぶ風呂の中　昭3〔魚〕

竹の幹秋近き日ざし辷りけり　大14〔魚〕〔遠〕

秋隣

あさがほや蔓に花なき秋どなり

大14〔魚〕

▼秋▲

立秋

秋立つや歯の浮きとまる朝なさな　昭16前

軽井沢

松かげや糸萩伏して秋の立つ　大15〔魚〕

秋暑し

京都即事

犬も曳く粉屋ぐるまや秋暑し

昭18前

秋の日

信濃仮宿

沓かけや秋日にのびる馬の顔

昭8〔犀〕〔遠〕

秋の日や埃くもれる古すだれ

昭5〔遠〕

秋の月

月の夜は雑木もさわぐ風ならん　昭18前

秋夕

さかさまに葉書かきゐて秋夕　昭17前

秋もやや土のしめりの夕かけて　昭16前

道絶えて人呼ぶ声や秋夕
昭5〔遠〕

山中秋

山中やただにおもふも人のうへ
昭16前〔遠〕

秋あはれ山べに人のあと絶ゆる
昭11〔遠〕

露

我が机置くとて

庭近く机つゆけきいとどかな

大14〔魚〕

秋の野

秋の野よ家ひとつありて傾けり

昭11〔遠〕

秋の山

馬が虻に乗つて出かける秋の山

昭10前〔犀〕

秋めく

秋めくやとんぼうよぎる書庫の間

昭16前

秋の水

秋水や蛇籠にふるふえびのひげ

昭3〔魚〕

空谷山人に

とんぼうや羽の紋透いて秋の水

大15〔犀〕〔遠〕

桂離宮拝観

すぎごけで織られてゐるよ秋の水　昭12

夜寒

鯛の骨たたみにひらふ夜寒かな　大13〔魚〕〔遠〕

きりぎりす己が脛食ふ夜寒かな　昭2〔魚〕

畳屋の薄刃を研げる夜寒かな
昭2〔魚〕

しの竹や夜さむに冴ゆる雨戸越し
昭2〔魚〕

風呂桶に犀星のゐる夜寒かな
龍之介

ふぐりをあらふ哀れなりけり　犀星

昭9前〔犀〕

秋の風

ひとりねの枕にかよへ秋の風

昭16前

軽井沢

裏山や枝おろし行く秋の風

大15〔魚〕

朝寒

朝さむや幹をはなるる竹の皮　大15〔魚〕〔遠〕

玉菜の返し

菊なますみちのくの菊と見るからに　昭16

菊は白くしぐれ溶けあふ夕厨　昭18前〔遠〕

秋人

石段を叩いてのぼる秋の人　昭14

秋の餅

秋の餅しろたへの肌ならべけり　昭17前

身にしむ

身にしむやほろりとさめし庭の風　大14前〔魚〕

渡り鳥

茶どころの花つけにけり渡り鳥　昭3〔魚〕〔遠〕

いなご

ちんば曳いて蝗《いなご》は縁にのがれけり　昭3〔魚〕〔遠〕

秋蛍

山蛍よべのあらしに消えにけり　昭12〔遠〕

焼砂に細るる秋の蛍かな

昭3〔魚〕〔遠〕

山の井に蛍這ひゐるやつれかな

昭4前〔魚〕

いとど

行きもどり駅のいとどの絶えにけり

昭15〔遠〕

さんみやにこほろぎ鳴けど灯らざる　昭16

枕べのさかづきなめるいとどかな　昭12

虫

こどもらは上野つきしか虫すだく　昭16

秋あはれ啼く声をさめ虫のゐぬ　昭18前

つゆくさのしをれて久し虫の籠　昭3〔魚〕

あきつ

山みちをゆきつ戻りつあきつかな　昭10前〔犀〕

虹

山虹の眼に透る茨かな　昭4前〔魚〕

こほろぎ
短冊をやなぎやに売りて

こほろぎや路銀にかへる小短冊　昭8〔犀〕

きりぎりす
軽井沢

きりぎりす夜明くる雨戸明りかな　大15〔魚〕〔遠〕

きりぎりす思ひ堪へめや夜すがらを　昭10前〔犀〕

夜のあかりとかぬ畝やきりぎりす　昭7〔犀〕〔遠〕

きりぎりす隣の臼のやみにけり　昭8前〔犀〕

明けかかる高窓ひくやきりぎりす

昭8〔犀〕〔遠〕

きりぎりす白湯《さゆ》の冷えたつ枕上

昭2〔魚〕

秋蟬

軽井沢庭前

しらかばに蟬ひとつゐて鳴かずけり

昭8〔犀〕

あきぜみの明るみ向いて唖《おふし》かな
大13〔魚〕〔遠〕

萩の花

離亭《はなれ》にて縫物ひろげ萩の花
昭12〔遠〕

結婚せる人におくりて

萩すすきいかばかり萩は美しからむ
昭16

小春

塀ぎはに萌黄のしるき小春かな
昭2〔魚〕〔遠〕

小春日のをんなのすわる堤かな
昭10〔犀〕

小春日に菫も返り咲きにけり
昭10前〔犀〕

蕪

竹村君に

やまがたの王様蕪《かぶら》ひかるがに　昭16

たまかぶら玉のはだへをそろへけり　昭16

零余子

金沢池田町仮寓

雨傘にこぼるる垣のむかごかな　大14〔魚〕

栗

柴栗の柴もみいでて栗もなし　昭3〔魚〕〔遠〕

朝々や栗ひらふ庭も寺どなり　昭10前〔犀〕〔遠〕

栗のつや落ちしばかりの光なる　昭10前〔犀〕

庭前

いが栗のつやや吐く枝や筧口　昭10前〔犀〕

南瓜

うちつれて南瓜あそべり秋の縁　昭16

縞ふかく朱《あけ》冴えかへる南瓜かな　昭16

鬼灯

ほほづきや廓近き子の針子づれ

昭3〔魚〕

鬼灯《ほほづき》やいくつ色づく蟬のから

昭8〔犀〕〔遠〕

水引草

日の中の水引草は透りけり

昭10〔遠〕

みづひきのたたみのつやにうつりけり　昭7〔犀〕〔遠〕

返り花

水戸にて

潟照りて桜もかへり咲きにけり　昭16前

菊

しみじみと思ふ菊白き日本　昭17前

日本の頬うつくしや菊の前　昭17前

小鳥といへる犀川の石をあつめて

小鳥に野菊もすこし縁の端　昭3〔魚〕

枯菊

菊枯れて茜めく葉の冴ゆるかな　昭17前

鉢の菊枯れしがままの裏戸かな　昭17前

しじみ汁菊枯れし宿の蔀《しとみ》越《ごし》　昭17前

悼亡

枯菊の匂ひもあらず人ゆきぬ　昭16

穂薄

青すすき穂をぬく松のはやてかな

昭2〔魚〕

茸

金沢百姓町

白菊や茸《たけ》もある店の灯のもとに

昭3〔魚〕

豆の花

軽井沢

道のべは人の家に入り豆の花

大15〔魚〕〔遠〕

蘆

片山津温泉

蘆も鳴らぬ潟一面の秋ぐもり

大13〔魚〕

柑子

金沢 川御亭（かはおちん）

秋の日や柑子いろづく土の塀

昭4前〔魚〕

歯朶

はれあがる雨あし見えて歯朶あかり

昭10前〔犀〕〔遠〕

道芝に雨のあがるや歯朶明り　昭8〔犀〕

落し水

田から田の段々水を落しけり　昭3〔魚〕

鰯

鰯やく煙とおもへ軒の煤　昭8前〔犀〕

冬近し

固くなる目白の糞や冬近し　明40〔魚〕

秋深む
堀辰雄・野菜を送り来る

秋をふかみいんげんの爪切りにけり　昭16

秋も深く灸すゐあうて別れけり　昭15

夜半の秋
金沢池田町

隣間にいとどを捨つる夜《よ》半《は》の秋

大14〔魚〕

秋の夜半風起きて行く枝葉かな

大14〔魚〕

秋の暮

馬の仔はつながでゆくよ秋のくれ

昭16前〔遠〕

行秋

秋ふかき時計きざめり草の家　昭3〔魚〕

兼六公園

雨戸しめて水庭を行く秋なれや　昭4前〔魚〕

草古《ふ》りてぼろ着てねまるばつたかな　昭16前

▼冬▲

冬に入る

冬に入る玻《は》璃《り》戸《ど》を見れば澄めりけり　昭17前

冬に入る手のあれしるき机上　昭17前

冬に入る椿の葉つややまぶしかも　昭17前

冬の日

ひよどりの瘠《や》せ眼に立ちて冬日なる　昭17前

冬日さむう蜉蝣《かげろふ》くづれぬ水の面　大15〔魚〕

冬の日や知らぬ町に来て人を訪ふ
昭17前

枝に透いて鳥かげ迅き冬日かな
大14〔魚〕

冬日暮れ女ひとり行き絶えにけり
昭17前

冬日さすあんかうの肌かわきけり

大14〔魚〕

冬の雨

冬の雨ぬれ深むいささかの草々

昭17前

冬の雨パンつけて傘返しけり

昭17前

冬雨に炬《こ》燵《たつ》櫓《やぐら》をはたくかな　昭17前

短日

短日や夕にあらふ昼の椀　昭17前

日短き道にひらひぬ子供本　昭17前

短日や藪をひらいて家の建つ　昭17前

短日や小窓に消ゆる魚の串　昭2〔魚〕

冬の夜

冬の夜の巷に鶴を飼ひなれし　昭9前〔犀〕

山眠る

墨匂ふ漢の山々眠りけり
昭10前〔犀〕〔遠〕

初冬

初冬や庭木に乾く藁の音
大15〔魚〕〔遠〕

冬の苔

冬の苔きばみそめけり水の鉢
昭17前

石ほとけ寺よりかかりて冬の苔　昭17前

冬苔に或ひは飛ばんとす何の虫　昭17前

師走

さいかちのこぼれこぼれつ師走かな　昭17前

師走ひと日時計の埃はきにけり
昭17前

霜よけの篠吹きとほす師走かな
昭10前〔犀〕

行年

行年や炭かじる子のさむしろに
昭17前

行年や懐紙をえらぶ市の中　昭17前〔遠〕

行年や葱青々とうら畠　昭3〔魚〕〔遠〕

行年や笹の凍てつく石の水　大15〔魚〕

深冬

冬ふかくほとけの彫りも見えがてに　昭15

あしの皮はぎおちる冬の深みけり　昭14

まるめろ一つ置いてある冬の床の間　大14〔魚〕

笹にまじるあやめみどり葉冬深き 昭17前

とくさまつすぐな冬のふかさよ 昭10前〔犀〕〔遠〕

冬深き井戸のけむりよ朝まだき 昭17前

冬深く萎《な》えし花々幾日ぞ　昭11

干《ひ》魚《うを》あぶる市中に来て冬深き　昭17前

炭

これやこのむかしの炭のひと俵　昭17前

炭の輪の隈とる縞は美《は》しきかな
昭17前

炭と梅馬とみ寺の駅ざかひ
昭17前

冬萌

冬萌えのおちばすきまに冴ゆるかな
昭17前

冬萌えの藍の花もつ何の草　昭17前

冬萌えや茶の実をひろふ椀のかご　昭17前

冬ざれ

いらぬ石かたづけにけり冬ざるる　昭17前

冬ざるる豆柿のあまさとほりけり
昭17前〔遠〕

冬ざれや日あし沁み入る水の垢
大15〔魚〕

軽井沢の虫、十二月に死にければ
籠の虫なきがらとなり冬ざるる
昭2〔魚〕

鰯

梅もやや鰯あぶりてぬくとい日　昭17前

干鰯おしいただきてくらひけり　昭17前

干鰯たやさぬ冬の深まりて　昭17前〔遠〕

冬ごもり

障子には毛布つるしぬ冬ごもり　昭17前

朝の茶はたれにまつらん朝ほがひ　昭17前〔遠〕

烏瓜冬ごもる屋根に残りけり　大15〔魚〕〔遠〕

しぐれ

しぐるるにあらぬあしおと絶えにけり

昭17前〔遠〕

竹むらややややにしぐるる軒ひさし

大15〔魚〕

金沢市　浅野神社境内　厚見家句碑

わが家には菊まだのこるしぐれかな

昭17前〔遠〕

消炭のつやをふくめる時雨かな
昭4〔魚〕〔遠〕

つるやまでマツチもらひにしぐれかな
昭16前

しぐるるや煤によごれし竹の幹
昭3〔魚〕

あしおとかあらぬしぐれの小屋根越　昭17前

山あひに日のあたりゐるしぐれかな　大13〔魚〕〔遠〕

菜をかかへ砂利もしぐるるたつきかな　昭16〔遠〕

金沢のしぐれをおもふ火桶かな　大15〔魚〕〔遠〕

しぐるるとなきに茶はなき端居《はしゐ》かな　昭16

菊焚いて鵞鳥おどろく時雨かな　昭4前〔魚〕

燐寸《マッチ》すりて人を送れるしぐれかな　昭16

京都

来て見れば旅籠《はたご》の庭もしぐれけり　昭12〔遠〕

鶏頭のくろずみて立つしぐれかな　昭3〔魚〕〔遠〕

入洛や地図ひろげゐる初時雨　昭12

大宮に遊ぶ

しぐるるや飴の匂へる宮の内　昭2〈魚〉

凍る

波こほる隅田を見しよ町のあひ　昭9前〈犀〉〈遠〉

寒の水

寒の水寒餅ひたしたたくはへぬ

昭3〔魚〕〔遠〕

寒ぐもり

寒ぐもる下枝にひそむ雀かな

昭9〔犀〕〔遠〕

あられ

しんとする芝居さい中あられかな

昭3〔魚〕〔遠〕

水仙の芽の二三寸あられかな

昭3〔魚〕〔遠〕

みぞれ

しめなはの北なびきするみぞれかな

昭10前〔犀〕〔遠〕

氷

まんまるくなりたるままの氷なり

昭3〔魚〕

潦《にはたづみ》にごれるままに氷りけり　昭13〔遠〕

寒さ

ふるさとに身もと洗はる寒さかな　大14前〔魚〕

松風の奥に寺ある寒さかな　昭8〔犀〕〔遠〕

しろがねもまぜて銭ある寒さかな　昭10前〔犀〕

空谷山人に
あるじ白衣の医に老ゆ寒さかな　大13〔魚〕

魚さげし女づれ見し寒さかな　昭3〔魚〕

しんとして音なく更ける寒さかな　昭13

この寒さはじき飛びけり杉の枝　昭13〔遠〕

氷柱

つらら折れるころ向く机かな　大13〔魚〕〔遠〕

ひるすぎの筧つららを滴りにけり　昭9前〔犀〕

さびしく大きいつららをなめて見る　大13〔犀〕〔遠〕

木枯

木がらしや人家の絶えし畝の跡　昭10前〔犀〕

霜

燐寸買ふ霜ふけし家の蔀かな
昭2〔魚〕〔遠〕

栗うめて灰かぐはしや夜半の霜
昭2〔魚〕

竹の葉の垂れて動かぬ霜ぐもり
昭2前〔魚〕〔遠〕

きざ柿のしぶのもどれる霜夜かな
大15〔魚〕〔遠〕

暮鳥忌

暮鳥忌の書屋の埃はらひけり
昭2〔魚〕

朝日さす忌日の硯すりにけり
昭3〔魚〕

わびすけ

わびすけにみぞれそそぎて幹白し　昭17前

わびすけのくちびるとけて師走なる　昭17前

畳替わびすけに針はこびゐる　昭17前

枇杷の花

枇杷の花母娘《ははこ》と住みてなまめしき　昭17前

笹鳴の渡りすぎけり枇杷の花　昭17前

枇杷の花ちぢれる家を越しにけり　昭17前

炬燵
山中温泉

庭石の苔を見に出る炬燵かな　昭3〔魚〕

茎漬

茎漬や手もとくらがる土の塀　昭3〔魚〕

茎漬やさざんくわ明る納屋の前　昭15

塩鮭

塩鮭をねぶりても生きたきわれか

昭10前〔犀〕

牡蠣

菊枯れて牡蠣《かき》捨ててある垣根かな

昭9前〔犀〕

焼芋

焼芋の固きをつつく火箸かな

明40〔魚〕

林檎

蛍めく奥羽りんごの明りかな　昭16前

暖炉

ほほゑめばゑくぼこぼるる暖炉かな　昭10〔犀〕

珈琲

地図をさし珈琲実る木ををしへけり　昭11

水涕

水涕や仏具をみがくたなごころ　明40〔魚〕

北窓閉す

豆柿の熟れる北窓閉しけり　昭3〔魚〕

榾

そのなかに芽を吹く榾《ほだ》のまじりけり　昭3〔魚〕〔遠〕

冬がまへ

飛驒に向ふ軒みな深し冬がまへ
昭3〔魚〕

寒餅

寒餅やむらさきふくむ豆のつや
昭2前〔魚〕

寒餅や埃しづめるひびの中
昭9前〔犀〕

寒の明け

霜にこげし松の黄ばみや寒の明け　昭11前

枯野

植木屋を

石負うて枯野に人のおはしける　昭8前〔犀〕〔遠〕

草枯

大森新居

侘び住むや垣つくろはぬ物の蔓　昭3〔魚〕

犀川

野いばらの実のいろ焦げて残りけり
大14〔魚〕

草の戸や蔦の葉枯れし日の移り
大14〔魚〕

草枯や時無草のささみどり
昭3〔魚〕

鴨

けふよりぞ冬をかこへり池の鴨
昭12〔遠〕

雪

　　　漱石先生別筵

雪のとなり家はかなりやのこゑ
大13〔魚〕〔遠〕

羽ぶとん干す日かげ雪となる
大13〔魚〕〔遠〕

かはらの雪はなぎさから消える　大13〔魚〕〔遠〕

ゆきぐにの漬菜きほへり菰《こも》の中　昭12

毛皮

毛皮まくあごのたまたまひかりけり　昭10〔犀〕

ゆきふるといひしばかりの人しづか　昭15〔遠〕

寒鮒

寒鮒のうごかぬひまも日脚かな　昭9〔犀〕〔遠〕

はたはた
天外先生に

梅固くはたはたぶりことどきけり　昭10前〔犀〕

鱈

藁《わら》苞《づと》や在所にもどる鱈のあご

昭4〔魚〕〔遠〕

干鰯

近松先生に

干鰯まゐらすほどの春ならし

昭10前〔犀〕

冬の蝶

故郷に草房をゆめ見て

冬の蝶凩《こがらし》の里に飛びにけり

大15〔魚〕〔遠〕

干栗

綿入に干栗はさみ到きけり　昭11前〔遠〕

蟹

紅波甲といへるは東京の蟹くらゐある酒のさかなによろしき蟹也。金沢の家兄より送り来しその返しに

紅波甲《こうばこ》や凪ぎしみやこも北の海　昭11

手袋

空谷山房にて

鉢梅にあかいてぶくろぬいである　大13〔犀〕

たまゆらや手ぶくろを脱ぐ手のひかり
昭11

笹鳴

日もうすれ閑《しづ》まる家ぞ笹鳴す
昭2〔魚〕〔遠〕

笹鳴や落葉くされし水の冴え
大15〔魚〕

山吹の黄葉のちりぢり笹鳴す

大14〔魚〕

大森即事

笹鳴や馬込は垣も斑にて

昭3〔魚〕〔遠〕

東京　大田区馬込　万福寺境内句碑

山茶花

藁ぬれて山茶花残る冬の雨

大15〔魚〕〔遠〕

山茶花に筧ほそるる日和かな

昭2〔魚〕〔遠〕

山茶花や日のあたりゆく軒の霜

昭2〔魚〕〔遠〕

冷かや山茶花こぼるる庭の石

昭4前〔魚〕〔遠〕

梅もどき

川御亭

梅もどきの洗はれてゐるけさの雪

大13〔魚〕〔遠〕

冬木

目白籠吊せばしなふ冬木かな

昭3〔魚〕〔遠〕

寒菊

金沢と別る

寒菊の雪をはらふも別れかな

大14〔魚〕〔遠〕

消炭に寒菊すこし枯れにけり　昭3〔魚〕

冬すみれ
北声会別筵

石垣に冬すみれ匂ひ別れけり　大14〔魚〕

石垣のあひまに冬のすみれかな　昭3〔魚〕〔遠〕

落葉

坂下の屋根みな低き落葉かな　昭3〔魚〕〔遠〕

落葉ふんで犀星の行く小径かな　草野氏

どんぐりならばとんぼかへらむ　犀星　昭10前〔犀〕

干菜

足袋と干菜とうつる障子かな

昭3〔魚〕〔遠〕

靴

靴音はをんならしくも霜夜なる

昭11

春待

春待やまなかひの手の照るを見つ

昭17前

妻病む

春待や生きのびし人の息づかひ　昭14

春待やうはごとまじる子守唄　昭14

春待や漬け残りたる桶の茄子《なす》　昭3〔魚〕

串柿のほたほたなれや春隣
昭3〔魚〕

春待や花もつ枝の艶ぶくれ
昭2前〔魚〕

春待や山吹の枯《え》枝《だ》すぐりつつ
昭16前

春近し

朝ぬれし雨の枝々春近し　大15〔魚〕

Ⅱ 『魚眠洞発句集』『犀星発句集』(野田書房版)『遠野集』抄

元日

元日の山見に出づる薺《なづな》かな

昭2〔魚〕

ゆづり葉

ゆづり葉の紅緒垂れし雪搔きにけり

昭3〔魚〕

春日

としよりの居睡りあさき春日かな

昭3〔魚〕

百合の花

軽井沢

ぽつたりと百合ふくれゐる縁の先

大13〔魚〕

藤

白藤に雨すこし池澄みにけり

大13〔魚〕

鬼歯朶

鬼歯朶の巻葉のはじく夏日かな

大13〔魚〕

新竹

悼澄江堂

新竹のそよぎも聴きてねむりしか

昭2〔魚〕

朧

こころ足《た》らふ女《め》を求めゆかむ朧かな

昭10〔犀〕

日永

をとめごの菜引き見てゐる日永かな

昭10前〔犀〕〔遠〕

をとめごの春埃《ほこり》のなかにふとりけり
昭10前〔犀〕

浅春

春あさく巷《まち》の女《め》ながら摘むものか
昭10〔犀〕〔遠〕

春あさくえりまきをせぬえりあしよ
昭10〔犀〕

春あさくわが娘《こ》のたけに見とれける

昭10〔犀〕〔遠〕

春の日

愛《ま》娘《な》子《ご》らの乳《ち》房《ち》かたちづくはるなれや

昭10〔犀〕

陽炎

乙女らの白妙の脚かぎろへり

昭10〔犀〕

春の夜

はしけやし乳房《ちち》もねむらむ春の夜半

昭10〔犀〕〔遠〕

梅の花

梅折るや瑪《め》瑙《なう》のごとき指の股

昭10〔犀〕

紅梅

紅《う》梅《め》生けるをみなの膝のうつくしき

昭10〔犀〕〔遠〕

摘草

こころ足らふ女《め》にゆきあはむ摘草に　昭10〔犀〕

ひこばえ

そのかみのひとおもほゆるひこばえに　昭3〔犀〕〔遠〕

ひこばえに哀をいひてわかれけり　昭10前〔犀〕〔遠〕

短夜

明けやすきわがものがたり八衢《やちまた》に　昭10前〔犀〕

青梅

竹村俊郎君に

ひるふかき青梅が黄にそまりゆき　昭9〔犀〕

きりぎりす

夜すがらの堪へもきはむるきりぎりす　昭10前〔犀〕

あきつ

あきぐさをつかむちからも堪へだへや
昭10前〔犀〕

冬の夜

かかる瞳《め》は処女ならむか夜半の冬
昭10〔犀〕

冬の夜を冴えし瞳と居りにけり
昭10〔犀〕

うつくしくもいやしき女《め》なれ夜半の冬
昭10〔犀〕

暖炉

しまらくに女《め》の頰ふくるる暖炉かな
昭10〔犀〕

雪

餅焼けば笹はねる雪となりにけり
昭5〔犀〕

蝶

蝶の羽こまかくふるへ交りけり

昭30〔遠〕

春蟬

昼深き春蟬の町に入りにけり

昭34前〔遠〕

行春

軽井沢

行春や菫をかこふひととところ

昭34前〔遠〕

夏めく

靴音の記者は乙女か夏めける　昭29〔遠〕

秋めく

人づてもなきくれぐれの秋めきて　昭34前〔遠〕

きりぎりす

きりぎりすはたとやみけり畝の径　昭34前〔遠〕

萩

手に萩のこぼれをささへ話しけり

昭26〔遠〕

木枯

木枯や別れてもなほ振り返る

昭18〔遠〕

山中

障子洗ひ山々のやつれ見えにけり

昭31〔遠〕

しぐれ

繭《まゆ》の中音しづまりてしぐれなる

昭26〔遠〕

『魚眠洞発句集』（武蔵野書院）

序文

自分が俳句に志したのは十五歳の時である。当時金沢の自分のゐた町裏に芭蕉庵十逸といふ老翁が住み、自分は兄と五六度通うて発句の添削を乞うたのが始である。十逸さんは宗匠だつた。併しどういふ発句を見て貰つたか能く覚えてゐない、只、十逸さんは宗匠らしい貧乏な併し風雅な暮しをしてゐたやうに記憶してゐる。

十六七歳の頃、当時金沢俳壇で声名のある河越風骨氏に、毎週数十句を物して添削を乞うてゐた。自分の発句道を徐ろに開眼させて呉れたのも、その道に熱烈だつた河越氏に負ふところが多い。

焼芋の固きをつつく火箸かな

藤井紫影先生が北国新聞の選者だつた関係上、自分も投句して見て貰ふた。或早春の晩、紫影先生の散歩してゐられる姿を片町の通りで見て、詩人らしい深い感銘を受けた。

行春や蒲公英ひとり日に驕る

金魚売出でて春行く都かな

記憶にある是等の句の外、まだどれだけあるか分らない。後に紫影先生は京都大学に転任され、四高に繞石先生が後任された。自分はその頃「中央公論」の俳句欄にも投句して繞石先生に選をして貰うてゐた。四十句位書いて一句平均に入選した。爾来二十年、大谷先生にお目にかかる時に何時もその頃の拙い句を思ひ出した。

当時碧梧桐氏の新傾向俳句が唱導され、自分も勢ひ此の邪道の俳句に投ぜられた。従つて松下紫人氏、北川洗耳洞氏に作句を見て貰ひ、就中、洗耳洞氏には三年程その選句に預つてゐた。

これらの若い折の作句は年代に拠つて明かにした。真実の発句道に思ひを潜めるよりも、寧ろ一介の作句人たるに過ぎない自分のの俳歴であつた。

二十五歳位から十年間、自分は俳道から遠ざかる生活をし、同時に詩も書かなかつた。自分は前の五年は市井に放浪し、後の五年は小説を書いて暮してゐたからである。

発句道に幽遠を感じたのは極めて最近のことであり、三十歳までは何も知らなかつたと言つてよい。幽遠らしいものを知つた後の自分は、作句に親しむことが困難であり少々の苦痛を感じた。芥川龍之介氏を知り、空谷、下島勲氏と交はり、発句道に打込むことの真実を感じた。

俳友として金沢の桂井未翁、太田南圃氏等はよき先輩であつた。自分は発句道の奥の奥をねらひ、奥の方に爪を搔き立て、耳を欹てる思ひがしたのも、極めて最近のことである。実際はまだ何も解つてゐない小僧に過ぎない。併乍自分の発句道も亦多少人間をつくる上に、何時も善い落着いた修養を齎してゐた。その美的作用は主として美の古風さを教へてくれたのだ。新鮮であるために常に古風でなければならぬ詩的精神を学び得たのは自分の生涯中に此の発句道の外には見当らないであらう。

昭和四年二月　大森馬込村にて

著　者

引

幼年時代の発句も取交ぜて集編し、「索引と年譜」に拠って其句作年代を明かにした。勿論本句集には其幼少年時代の大部分をも取捨てたが、其他最近の詠草にも厳しい抹消を敢て試みた。十六歳の時から二十五年の発句生涯に二百吟を得たのは、決して少くない数である。

幼少年の発句は金沢の北国新聞及び北陸新聞に拠つて集めたものであるが、後年にまた集編されるかも分らぬ。併し今のところ殆底本的に蒐集したものである。

『犀星発句集』（野田書房）

序

昭和四年に魚眠洞発句集を上木してから、恰度七年振りにこの句集を版行することになるが、多くは散逸して集編するに甚だ艱難であつた。時折の即吟などにも相当に採るべき句があつても、永い間には忘れて了つたものが多いのである。手帖、日記、友人の手紙などから採つたものを集め百句に足りないのは、発句は入りやすく体を為すことが難しいことを思はせるものである。

発句は私にとつて文学的幼稚園であり、そして何時までも私は其処にゐる取りとめのない子供でもあるらしいのである。併も此処二三年間に発句はさまざまな方面から、新しい素材を盛つて変りかけて来てゐる。それら一群の陣容を見ると明治以来幾度か新しくならうとして失敗して来た発句も、やつと確乎りと起き直つて来たらしい感じである。軈て昔日の発句といふ極めて一般的であつた古雅なおもかげが剝げ落ちて、小気味の好いさつぱりした顔つきの発句を見ることが出来るであらう。

私はこの発句集を浄書しながら恰も処女詩集を編んだ、昔懐かしい私と邂逅して微かなよろこびを感じたくらゐであつた。発句の巻《まき》を編むといふことですら斯くまでに私を幼なく、眼清《すゞ》しくするものとは思はなかつた。これは私の心の問題であるよりも、発句に潜んでゐる深い徳のあらはれかも知れないのである。十五六で俳句を書いてゐた私はそれから三十年一日として発句を思はない日とてはなかつたのに発句はなかなか上達して呉れないのである。

犀星生

昭和十初夏

風呂桶に犀星のゐる夜寒かな

竜之介

『遠野集』(五月書房)

序

集中もつとも古い句は十七才の折の「蒲公英の灰あびしまま咲きにけり」にはじまり、「木枯や別れてもなほ振り返る」にいたる四十何年間暇あれば作句に従つて来たものの、次第に俳句にかたが出来、下五文字の置き方にも、決つた見栄《みえ》が生じ、背丈《たけ》にも、はばにも、うごきのとれないやうな窮屈さが感じられた。そのため素直に作句にはいることが出来なくなり、俳句に遠のくやうな或る時期があるやうになつた。作句に遠のくことは、俳句をおもふこと切なる時が多い、こんな悲しいかたのある世界にはいりかけてゐることは、まつたく自らをいましめることを怠つたためであらう。

俳句といふものには底がない、また、その底をつかもうとする構へをもつてしてもそれはつねに無駄なことに終るらしい、何処まで行つても、素直な世界をうしろにしては、この境の何物もくみ取れないからである。様々な心の持ち方の経験からいつても、十七才の折の作句の心がけ以外には、すがつて学ぼうとは思はない、こゝまで来て見ると芭蕉といふ人の多技秀才にはまつたく敬服される。あれほど豊かな胸のうちは、たとへば野の賑つた或る一処を見るやうで、その美しさには手がつけられないまで、複雑な花や草がその心の隙間に詰め込まれてゐる。どこをほぐして見ても、それがすぐれざるはなき比類ない世界であつた。

「犀星発句集」(野田書房刊)「犀星発句集」(桜井書店発行)の二巻が十年を前後して出版されてゐるが、それらの集句はその刊行ごとに取捨選択が行はれ、「遠野集」までにすでに大部分をすてた。こんどの「遠野集」は最後の句集であるため、作句の生ひ立ちをふたゝび眼で見、心にあたらしく感じるのと同じ立場に置かれるので取捨もきはめて自然になされた。俳句はどこまで行つてもきりがなく、その行き方も私にはもう道が尽きてゐることだけが、この「遠野集」の果に見られて、道の尽きてゐることを知つたのは何より俳句といふものを知つた証拠であるやうに思えた。この外に知ることはない。

なほ本集の墨書原稿は昭和十二年の冬に、信州軽井沢の宿でこつこつ書いた物で、その当時から墨書きの書物を思ひ立つてゐたが、機会がなく今日に至つたものである。

昭和三十四年仲春　　著　者

〈編者付記〉

1　本集「Ⅱ『魚眠洞発句集』『犀星発句集』（野田書房版）『遠野集』抄」には、『犀星発句集』（桜井書店版）に収められていない四十句を収めた。その内訳は次のとおりである。『魚眠洞発句集』から「新年」二句、「春」一句、「夏」四句の七作品。『犀星発句集』（野田書房版）から「春」十四句（このうちの七句は『遠野集』に再録）、「夏」二句、「秋」二句、「冬」五句の二十三作品。『遠野集』から「春」十句（重複作品七句を含む）、「夏」二句、「秋」二句、「冬」三句の十七作品である。

なお、『犀星発句集』（野田書房版）では、「歳首」（一年の初め）「三春」（初春、仲春、晩春の総称）「瓜時《かじ》」（うりの熟する時）「蓐収《じょくしゅう》」（秋の神）「九冬」（冬期の九十日間）という語が「新年」「春」「夏」「秋」「冬」のかわりに用いられている。

2 『魚眠洞発句集』における「引」は、同句集の後付の中にあって、巻末に載せた「句作年譜」の前に添えられたものである。

3 『遠野集』巻頭に収められている芥川龍之介の句は、「序」の前に添えられたものである。なお、『遠野集』は、「序」に記されているように、犀星の筆による「墨書きの書物」である。

Ⅲ　随筆集『泥孔雀』より

春寒

帯ゆるむ夕春寒となりにけり

昭24前

人をくやみ

はかなさや顔いろのこる春のくれ

昭23

炭

もの思ひ炭をふたつに折りにけり

昭22

夕ざれの炭のこぼれを見て過ぐる　昭22

冬に入る

冬に入る机の紙の冷えにけり　昭22

枯菊

炭納屋のまはりの菊も束ねけり　昭22

行春

行春や川波のこる蝶一つ 昭23

杏

杏かぞへられぬ枝のかさなり 昭23

杏いろづき雨もりところどころ 昭23

あんず熟れあかの飯たくならはし　昭23

あんずの木にあかの飯焚きすゑにけり　昭23

あんずにふるさとの海見ゆるかな　昭23

あさめしは茶の間のならひ杏かな 昭23

昼ふかくあんず落ちゐて匂ひけり 昭23

昼ふかくあんずのたねのかわきけり 昭23

風鈴

風鈴も市井に住みて古りにけり　昭23

川添や風鈴古りて日のうつり　昭23

風鈴に金魚もあはれ人の家　昭22

さくら

山中やさくらはただに一ところ　昭22

蝶

いつしかや蝶はくろずむ昼の市　昭22

余寒

女手のほしき余寒のすすぎかな　昭22

垣

垣を結ふ人もの言はずくれにけり　昭22

春夜

重治のつまも来てゐる春夜かな　昭22

みんみん

はなつまるみんみんみん山のひびきかな　昭23

夏もややみんみんの鼻つまりけり　昭23

はなつまるみんみんきけばかなしもよ　昭23

みんみんのひところゑすぎてくれにけり　昭23

あさぢふに低きみんみん鳴きにけり　昭23

長雨や遠みんみんに晴れてくる　昭23

はかられぬ昼のふかさよきりぎりす　昭23

機織

機織やふすまあくればついて鳴く　昭23

機織にからまつ束ね垣根かな　昭23

機織の昼のすだきのしげくなり　昭24前

秋日

秋日さす雑魚ゐる瓶とあそびけり　昭23

あさま路も白けわたりし秋日かな　昭23

虫

虫かごも古りし編戸のこぼれかな　昭23

荷瓦や漕ぎしづまりし虫の声　昭23

手紙入れに出でしがわすれ虫の宿　昭23

萩

女住みなまめしからず小萩垣　昭23

縫ひものや小言くやしき萩の垣　昭23

つゆ

山裾につゆけき机置きにけり　昭23

くちなは

くちなはの尾の消ゆ草も枯れにけり　昭23

くちなはの波しら砂に絶ゆるかな　昭23

こほろぎ

こほろぎや古摺鉢に何の草　昭23

こほろぎの下くぐりゆく芝生かな　昭23

栗

栗のつや雨なから拾ひこぼしけり　昭23

をみなへし

誰ための白をみなへし折りにけり　昭23

あかまま

あかままも萎えしままに持ちにけり　昭23

ぼや

ぼや拾ふ眼に谿川の光るかな　昭23

ぼや払へば皓たるそらに飛びにけり　昭23

返り花

よく見ればはかなさは菫かへり咲き　昭23

ふた日ばかり菫かへりて花つくる　昭23

きりぎりす

きりぎりすいのちばかりは消えがてに　昭23

栗

草むらや落ちしばかりの栗のつや　昭23

左団次の古庭

しぐれては人の墓べに立ちにけり　昭23

餅

豆餅のつやめく昼のぬくき日かな　昭23

干菜

わか家の干菜に月もさしそひぬ　昭23

芽をかこふ干菜のしんのあはれなる　昭23

氷

朝立ちの卵もこほりゐたりけり　昭23

干葱

干葱に垣越える風立ちにけり　昭24前

隣人になりたいひと

川上弘美

講談社文芸文庫の『加賀金沢　故郷を辞す』という犀星の随筆集の中に、「鯛の骨たたみにひらふ夜寒かな」の句ができた時の様子が書かれている、ということを、十数年前、句友に聞いたので、読んでみた。

澄江堂芥川龍之介と共に、軽井沢で過ごした十数日のことを素描した「碓氷山上之月軽井沢」の中の文章である。引いてみよう。


晩食後に畳の上に何か落ちていたので、触って見ると何かの骨であった。

「鯛のほねたたみにひろう夜さむかなはどうじゃ」

予はそう言って澄江堂に示した。

「なるほど、それはうまい！」

犀星が句を作ってすぐに芥川に教えると、芥川が「うまい！」と答えているのである。うらやましいようなやりとりではないか。

鯛の骨の句ばかりではない、仕事の合間に、滞在の余暇に、二人はいくつかの句をひょいと作っては、互いに教えあう。「据風呂に犀星のいる夜さむかな、はどうじゃ」などと芥川の方が言うと、その句に後年犀星は、「ふぐりをあらふ哀れなりけり」という脇句をつけたりしている。二人の文人のいる景のおもしろさにびっくりしながら、読みおえた。

青梅の臀《しり》うつくしくそろひけり

あんずあまさうなひとはねむさうな

誰もが親しむ犀星の句といえば、鯛の骨の句以外には、これらの句だろうか。どれも大好きで、こんな句がつくりたいなあとあこがれはしたが、なぜだかそれ以上犀星の小説とも句とも親しむことなく、今まで来た。

だから犀星の句のぜんたいを見渡したのは、こんかいが初めてである。

好きな句を、抜きだしてみた。

山蛍よべのあらしに消えにけり
隣間にいとどを捨つる夜半《よは》の秋
山蛇の眼に透る茨かな

小さな生きものをうたった句だ。

一句め。昨日までひかっていた蛍が、ゆうべのあらしでもう見えなくなってしまった。あらしが蛍を飛ばしたのか、それともあらしの来るころにほたるもちょうど寿命を終える運命なのか。

二句め。いとどは、カマドウマのことだ。うしろあしがひどく長い、海老に似た模様の、鳴き声をたてない秋の虫。寒くなって死んだのか、それともまだ死んではいないのか、ともかく動かなくなったものの足をつまんで、捨てた。むごくもあるし、自然でもある。自然はむごいのである。隣間、という場所が、大仰でないのがいい。

三句め。山蛇は春の季語で、茨は夏の季語だけれど、なぜだか秋の感じのある句だと思った。透きとおる、という言葉のためかもしれない。山蛇の大きな眼に、茨が映っている。空気がつめたい。そして澄んでいる。美しい句なのに、怖さも感じる。

とくさまつすぐな冬のふかさよ
潦《にはたづみ》にごれるままに氷りけり

風景をうたった句をふたつ。

一句め。とくさがまっすぐだ。それだけのことしか詠んでいないのだけれど、冬のはりつめた空気が目の前にあらわれるようだ。

二句め。潦は、水のたまりのこと。にごったまま、こおった水。寒くて、さみしくて、これも美しさと同時にむごさを感じる。

虫のことを詠むときも、風景を詠むときも、決して声を大きくしていない。小さなものを小さく描写する。そして自然の深さを感じさせる。すごい。

古雛を膝にならべて眺めてゐる
まるめろ一つ置いてある冬の床の間
さびしく大きいつららをなめて見る

この三つの句の中には、犀星の姿がみえる。しずかな犀星だ。飄々としてもいる。

二句め。まるめろを、じっと見ているのだ。まるめろ。まるめろか。まるめろなのだな。そんなことを、ぼんやりと思っているにちがいない。繰り返し、思っているにちがいない。三句めの、つらのことも、そうだ。つらが、さびしい。さびしいのは、つらではなく、自分なのかもしれない。そして突然つららをなめてみるのだ。実際にはなめていないかもしれないけれど、なめてみようかと思ったのならば、なめてみたのと同じことだ。戻って、一句め。雛は、古いものだが、由緒あるものではないような気がする。ただ、古い。その来し方に興味を持つのではなく、古い物体としての雛を、茫然と膝にのせているのだ。

そうだ。茫然。この言葉を、たくさんの犀星の句を読みながら、何回も思ったのだ。

いつしかや蝶はくろずむ昼の市

これは不思議な句だ。くろずんでゆく蝶。蝶の死を予言しているのか。それとも日の盛りが次第に陰ってゆく時のうつりかわりに、世界のおそろしさや哀しさを感じているのか。どちらにしても、この句の中には時間がある。一瞬のことをうたう詩の中に、長い時間があることが、不思議なのかもしれない。詠んでいる犀星も茫然としているが、読んだわたしもひどく茫然とし、どこかちがう次元に入りこんでしまったような心もちになった。

日短き道にひらひぬ子供本
わらんべの洟《はな》もわかばを映しけり
秋も深く灸すゑあうて別れけり

哀しかったり、むごかったり、おそろしかったり、そんなものを奥にひめた句をたくさんつくった犀星だけれど、こんな三句もある。

一句め。子供の本が、ほこりっぽい道に落ちている。拾う。むっつりと拾う。面白くもなさそうに拾う。その姿が可笑しい。可笑しいということを、自分でも知っているのだ。

二句め。洟のことを詠んだこんなに健康な句をほかに知らない。なんと生命力に満ちた「わらんべ」だろう。子供の姿のある犀星の句は、そういえば、みな優しくてすこやかだ。

三句めの、お灸をすえあう、という光景にも俳味がある。熱いあつい、と言いながらすえあうのだろうか。それとも黙って粛々とすえあうのだろうか。どちらにしても、すえあう友がいるのがいい。

こまやかなひとである。小さい虫、庭の景、山のこと、里のこと、隣人のこと。どんなことを詠んだときも、こまやかで、きれいで、少しかなしい。それは抒情に流れたかなしさではない。自然のむごさにつながる、無感情のかなしさだ。無感情だから、ひとしおかなしく、おかしい。俳句という詩の、いちばんいいところをみせてもらった心地である。

冬の雨パンつけて傘返しけり

こんな犀星もいる。魅力的なひとだ。隣人になるのは少しこわいようにも思うが、犀星の近所に住んで、たまにすれちがったりしてみたかった。かなわない夢ではあるけれど。

〈かわかみ ひろみ・作家〉

解　説

星野晃一

●美しい母胎

照文の筆名で明治三十七年十月八日の『北国新聞』に載った「水郭の一林紅し夕紅葉」が、室生犀星の活字になった最初の作品である。犀星、満十五歳の時であった。犀星文学は俳句から始まっていた。

犀星の俳句との出会いは、義兄真道に連れられて近所に住む俳句の宗匠十逸老人の家を訪ねた時、満十四歳の頃であったという。後年、犀星は愛と憎しみの混じった複雑な気持ちを込めて、自分の出生を「夏の日の匹婦の腹にうまれけり」と突き放したように詠んでいるが、私生子としてのその特異な出生と、酷薄な家庭環境の中での不幸な生い立ちは、少年に深い孤独感を植え付け、自然にのみ開く心を育てた。その孤独な心を慰めてくれる唯一の存在であった自然、山川草木虫鳥魚は、俳句という表現手段を得ることによって創造にかかわる存在となった。俳句は、つかみ得た新鮮な自然を表現する喜びを与えてくれた。少年はたちまち俳句の魅力に引き込まれてしまう。明治期には六〇〇句ほどが作られるが、その数は犀星全句の約三分の一にあたる。

伝統文化の栄える金沢は、句作する犀星少年にとって恵まれた環境であった。明治三十五年、高等小学校を中退した犀星は裁判所に給仕として勤めるが、そこの上司に俳句の指導をしてくれる川越風骨、赤倉錦風がいた。また、『北国新聞』の俳壇に投句しているうちに、『ホトトギス』の系統をひき北陸で古い歴史をもつ月並例会の北声会というグループの俳人たちと知己になり、その句会に出るようにもなる。その北声会の中心となっていたのが、当時第四高等学校で教鞭をとっていた藤井紫影であった。後に『芭蕉襍記《ざつき》』(昭3、武蔵野書院)の序文を書くその紫影が、ある時、句作に励む少年犀星を見て「句に痩せてまなこ鋭き蛙かな」と吟じ、それを扇面に書いてくれたという。そこに描かれたのは、まさに俳句という魔物に取り憑かれた犀星の姿そのものであった。紫影が第八高等学校(名古屋)に去った後には大谷繞石が赴任していて、犀星は師にも恵まれていた。

後年、犀星は俳句との出会いの意味を「俳句は私にとつて有難い美しい母胎であつた。私はそれにすがつて私の愛やをさない情欲やを満した」(「詩と俳句との中間」)といい、「自分は俳句で文学的の知識や、俳句から入つた文章を手に入れたと言つてよい」(「幼年の俳句」)と記している。抒情のほとばしりはまず俳句に向けられ、俳句によって愛が育まれ美意識は涵養されたのである。詩人・小説家犀星の「母胎」は俳句であった。また、犀星少年にとって俳句は文学であると同時に学問でもあったはずである。

明治期の句のほとんどは『北国新聞』『北陸新聞』『新声』『文章世界』『文庫』などへの投句であるが、それらのうちから後に推敲されて句集に収められたのは、「たんぽぽの灰あびしまま咲きにけり」「行く春や蒲公英《たんぽぽ》ひとり日に驕る」「金魚売出でて春行く都かな」「塗り立てのペンキの塀や花ざくろ」「避暑の宿うら戸に迫る波白し」「固くなる目白の糞や冬近し」「焼芋の固きをつつく火箸かな」「水涕や仏具をみがくたなごころ」の八句である。

●故郷との再会

俳句との第二の出会いも、故郷においてであった。

昭和九年三月『俳句研究』に載せた「発句道の人々」に、犀星は「発句といふものは一生に二度は出逢ふことのできる、また、二度は出逢はなければならないものらしい。文学的ふるさとであると言つていいのだ」と記し、「俳句・詩・小説」(『蠟人形』昭12・11)で、自身のその二度目の出会いを「田端に住んでゐた時分」、芥川龍之介と親交のあったその頃と記している。犀星はその出会いの時期をおそらく大正十四年から昭和二年にかけての頃として書いているようなのだが、実際はそれ以前だと推測する。

『魚眠洞発句集』の「序文」で、犀星は「二十五歳位から十年間、自分は俳道から遠ざかる生活をし」ていたと書いているが、その十年間は大正二年から同十二年頃に当たる。周知のように、その間に、まず詩人として『愛の詩集』『抒情小曲集』等を刊行し、続いて「幼年時代」「性に眼覚める頃」「或る少女の死まで」等の小説を発表する。さらに作家としての可能性を広げ、自身を「原稿料をとる蛆虫」（「泥雀の歌」）といい、「代書人のやうに机にかがみ込んで原稿をのたくつてゐた」（「文学的自叙伝」）と書く、いわゆる濫作期がそれに続いていた。また、長男豹太郎の夭逝（大正11年6月24日）の悲しみは、俳句ではなく、「我が家の花」十三編の詩や、「童子」「冬近く」などの小説に描かれていた。室生朝子編『室生犀星句集　魚眠洞全句』（昭52、北国出版社）によれば、大正一年から同十二年までには、一句も記されていない。

大正十二年九月一日の関東大震災後、犀星は妻とみ子と誕生間もない娘朝子と三人で同年十月に故郷金沢に帰り、大正十三年十二月に上京するまでの約一年三か月を故郷で暮らす。その帰郷のわけを、「ふるさとばなし」の起章「しぐれ」（『改造』大13・1）の冒頭で、東京の余震がこわかったからではなく、自分らしい田舎暮らしがしたかった、自分自身ゆっくり故郷の風物に親しめそうに思われたからだ、と記している。そして、そこには故郷の自然、風物に久しぶりに接して起こる感懐、驚き、喜びが、また、旧知の俳人たちとの交わり、句会への参会、さらに自ら句会を催すなどして俳句に親しむ犀星が描かれている。つまり、そこには俳句との第二の出会いを示す多くの事実を見ることができるのである。

そして、何より大正十三年に発表された俳句の数が特別に多い。前記『室生犀星句集　魚眠洞全句』のその年には百三十四句が記されており、大正、昭和の各年の中で一番多い。その中には、「雪みちを雛箱かつぎ母の来る」「石斑魚《うぐひ》に朱いすぢがつく雪解かな」「波もない潟がくれるよかいつぶり」「蝸牛の角のはりきる曇りかな」「さびしく大きいつららをなめて見る」「鬼歯朶の巻葉のはじく夏日かな」など、よく知られている多くの作品がある。大正十三年の日記にも、百句を超える作品を見ることができる。

軽井沢、「つるや」の離れを借り、芥川龍之介と隣り合って生活し、十二日間（八月三日から十四日まで）を過ごしたのも、大正十三年であった。その間の楽しく充実した日々の記録は随筆「碓氷山上之月」（『改造』大13・10）に描かれているが、その折に作られた犀星句「鯛の骨たたみにひらふ夜寒かな」について、芥川は、後日（八月二十六日）犀星に送った書簡の中で、「『鯛の骨』の句は今もなほ精彩を滅せず大兄一代の名什と存候」と記していた。

●俳魔との格闘

犀星に芭蕉讃美の言葉を求めるとすれば、特に大正末年から昭和初年にかけての随筆・評論の中に、それは容易に探し出すことができる。一例として昭和二年六月『改造』に載せた「新鮮」を挙げれば、そこで犀星は「芭蕉が読み捨てられて最早顧られない時代があつたら、その時は人類が此の土地の上に棲息しない時であるかも知れぬ。人々が此の土地にゐなくなつても或は芭蕉だけが、彼の俳句だけが、禿山の上に残つてゐるかも知れぬ」と述べ、論を続けて、芭蕉を「静寂を慕ふ魂」をもった「蕭錯たる冬枯の風物の中に咲く薺のやうに幽遠哀寂」の人であり、「神韻縹渺の俳諧の奥をまで探り当てた」人物であるとしている。犀星が自己の美意識の中心の一つに据えている「幽遠」は、犀星幼少時の無垢な心に受けた傷、孤独感、またそれゆえの現実からの遊離願望などと無縁ではなく、犀星文学の本質にかかわる愛用語であるが、犀星は芭蕉を「幽遠」に生きる我が文学の先達として敬慕しているのである。

「俳魔」とはだれの造語であろうか。一句を作るのに半日も苦吟させられるのは、自分の心の中に俳魔が棲み着いているからだと犀星はいう。少年の頃には感じなかった俳魔の存在を、犀星は芭蕉句を嚙み締める中で強く意識するようになる。その俳魔との激しい格闘の結果をまとめたのが第一句集『魚眠洞発句集』であった。

その『魚眠洞発句集』の「序文」で、自分は発句道によって「新鮮であるために常に古風でなければならぬ詩的精神を学び得た」と述べているように、犀星句の全体を貫く主流は、例えば「鯛の骨たたみにひらふ夜寒かな／行年や葱青々とうら畠／金沢のしぐれをおもふ火桶かな／松風の奥に寺ある寒さかな／笹鳴や馬込は垣も斑にて」などにうかがえる、伝統的な美意識の上に成り立ち、幽遠閑寂を求める古俳句的な世界である。

●「女ひと」を詠む

しかし、犀星はひたすらに幽遠閑寂の境地を探り当てようとしただけではない。犀星文学の一面に「女ひと」の美の追求があるように、俳句にもそれがあった。「あにいもうと」を『文藝春秋』に載せ、目覚ましい変貌を見せたのは昭和九年七月であるが、まさに同じ頃、同年三月犀星は『俳句研究』に、俳句に心理描写を取り入れ、女人を詠み込むことの意味を説いた「発句道の人々」を発表する。犀星文学の変革期に、俳句の世界にも変化があったのである。

　その特色が顕著に見られるのは、昭和十年の作である。同年二月号の『俳句研究』に「俳句は老人文学ではない」を発表し、その論の中心に日野草城の「ミヤコ・ホテル」連作讃美を据えて萩原朔太郎の俳句観に反駁していた頃、犀星は『あらくれ』や『四季』に、幽遠の世界とは対蹠的な女人や女体の部分の美の魅力を、そしてそこに醸される物語的な背景を詠み込んだ句を載せている。その際立った姿は「春あさくえりまきをせぬえりあしよ／愛娘子《まなご》らの乳房《ちち》かたちづくはるなれや／乙女らの白妙の脚かぎろへり／はしけやし乳房《ちち》もねむらむ春の夜半／梅折るや瑪瑙《めなう》のごとき指の股／紅梅《うめ》生けるをみなの膝のうつくしき／かかる瞳《め》は処女ならむか夜半の冬」など、本句集の第Ⅱ章に載せた作品群の中の十数句に見ることができる。そこで作者の向ける眼の先には女人のえりあし、乳房、脚、指の股、膝、瞳などがあり、そこにはフェティシズムの俳句ともいえる世界が展開されている。これらの作品を収録しているところに野田書房版『犀星発句集』の特色の一つがあったのだが、これらの句は桜井書店版『犀星発句集』では削除されている。そこには当然戦時下という時代とかかわる問題があった。これらの句は、やがて『遠野集』で復活する。

●句をいじめる

逆に、戦時下という条件を考え、桜井書店版『犀星発句集』に収録されているのに、本句集で編者が削除してしまった句に触れておかなければならない。それは、句集に「雑」として収められた「銃後のあさゆふの心おさへつつ／銃後に燦としておとづれる刃のひかり／勝どきのひとびとの頬の照りにける／勝どきのかたきいひをばかみしめつ／つゆしもの荒みかちどきを挙げ／天つ日のかちどき餅をつきにけり／かちどきの餅つき居れば日はのぼり／戦ひの庭はき清めゐたりけり／まなかひの艦の怒りのとほりけり／まなかひに艦もりあがり天かける／まなかひに艦のかがやき鶴の如し／くろがねの艦天ぞらにはしりけり／艦はみなもともとせの怒りととのへり／艦に月さしのぼり艦はしろたへ／つるぎ研ぐまひら戸のつやにしぐれけり／白菊やつるぎ研ぐ家のひとところ／つるぎ研ぐ白きにごりも冬に入る」の一七句である。このうち「つるぎ研ぐ白きにごりも冬に入る」のみは後に『遠野集』に収められているが、これら銃後の生活をそして時局を詠じた戦争句は、新潮社版『室生犀星全集』第八巻（昭42）からも削除されている。

伊藤信吉が未完遺稿「続室生犀星」（『すばる』平14・10）の中で、犀星を「戦争の詩人」「避戦の作家」であったとし、戦時下の犀星は小説を守って詩をいじめたと指摘しているが、句も詩と同じいじめられる運命にあったと思われる。

「雑」に収められたそれらの一七の戦争句は昭和十七年に発表されているのだが、その年の十月『日本語』に載せた「俳句道」で犀星は自句「戦ひの庭掃き清めゐたりけり／天がけり行く艦、艦は白妙」を引き、自分は戦争詩では戦争の本来をよくとらえることができるが、俳句ではそれができないといい、それに対して芭蕉の「むざんやな甲《かぶと》の下のきりぎりす」はこの戦時に嚙みしめてみると「狙ひどころが決してくるつてゐない」と書いている。そしてこの句は、同年発表した小説「虫寺抄」に、表題に添えて記されている。

「むざんやな」の句を「虫寺抄」に添えたとき、犀星は、もとの句意を背後におきながらも、「きりぎりす」の声、その命を兵士たちのそれとし、「甲」で太平洋戦争を象徴的に示したのだと、私は解釈する。それは「虫寺抄」を読み解くことによって、そして戦時下の犀星作品を読み込むことによって確認されることなのだが、そこに犀星流の戦争批判が暗に込められていた、と私は思う。そうであるならば、「狙いどころ」を外していじめた自身の戦争句を、犀星は後々公にすることを望んではいなかったであろうと推察する。「雑」の一七句を表から削除し、ここに記した理由はそこにある。

●疎開時の句

削除ではなく、これまで見過ごされてきた犀星句を本句集であえて表に引き出したものもある。

それは随筆集『泥孔雀』に「犀星発句集」として収録されていた六〇句である。紙の美を特別に愛でる犀星の句集はその思いを鮮やかに示しているのだが、戦後間もない昭和二十四年に出版された『泥孔雀』の用紙は仙花紙なのか、私の手元にあるそれは今にも破れそうに粗悪である。一冊の句集ではなく、随筆集の中に「句集」として収めたのも、その時代の出版事情によるものであったのであろう。

ここに収められている作品は、昭和二十二年から二十四年にかけての頃、つまり一家が軽井沢に疎開している時間での作である。戦時中に便宜を図ってもらった礼心から、「からまつ会」という鉄道の従業員たちの句会に別荘を貸し、時には自分もその句会に出席していることが「日記」に記されているが、そこでの出句を含めて、六〇句中の多くは「日記」のみに記された句である。それらの作品は、ちょうど桜井書店版『犀星発句集』と『遠野集』の間にあるものであって、そこには力みや衒いのない、沈静する内面がそのまま言葉に現れたような表情が見える。その表情は、「昼深き春蟬の町に入りにけり／木枯や別れてもなほ振り返る」など『遠野集』収録句にも見ることができるのだが、おそらく終戦を境にして俳魔は鬼の形相から友の表情に変わったのであろう。

●多様な句の世界

多様な犀星句のすべてに触れる訳にはいかない。いくつかの特色を提示しておくことにしたい。

犀星は、芭蕉だけではなく蕪村にも熱い思いを寄せている。大正十四年十二月二十日の『東京日日新聞』に載せた「夜半翁」を一読したい。「きりぎりす己が脛食ふ夜寒かな／魚さげし女づれ見し寒さかな」などはおそらく蕪村を意識しての作であろう。「あんずの香の庭深いふるさと／まるめろ一つ置いてある冬の床の間／とくさまつすぐな冬のふかさよ／かはらの雪はなぎさから消える」などには詩人の感性による短詩の味わいがある。犀星句には、「子供らや墨の手あらふ梅の花／桃つぼむ幼稚園までつき添ひし／春あさくわが娘《こ》のたけに見とれける」など成長するわが子への、そして「生きのびし人ひとりゐて冴え返る／春待や生きのびし人の息づかひ／春待やうはごとまじる子守唄」など命を取り留めた妻への愛の眼差しの滲み出た句もある。

また、文友との親交の中で生まれた句も多くある。芥川龍之介の作句「風呂桶に犀星のゐる夜寒かな」に犀星が「ふぐりをあらふ哀れなりけり」と脇を付して一作品としたそれも、その内の一つである。「風呂桶に」の原句「据風呂に犀星のゐる夜さむかな」は、先記の随筆「碓氷山上之月」の中に見ることができるのだが、犀星は、龍之介没後の、おそらく軽井沢での夏のある日、ありし日を思い起こして、芥川句に「ふぐりをあらふ」の脇句を作した。そこには、消えることのない友への熱い思いと、一方で煩悩の世界に生き残り、そこに生を営む我に対するしみじみとした思いとが滲み出ているようである。詞書に、芥川龍之介を筆頭に、竹村俊郎、空谷山人（「空谷」は下島勲の号）など文友の名を付した句も多くある。その前書によって、私たちは更に句の深みへ誘われていく。

言うまでもなく、一句はそれだけで独立した世界を創り上げている。しかし、その句を、詩人・小説家犀星、また人間犀星という背景の中に置いてみると、その句の世界はさらに広がり、それまでとは異なった輝きを放つ。また、そうすることによって、句を見直す、あるいは詩や小説を、さらに人間犀星を改めて見るきっかけを得ることもある。そんな思いを抱きつつ書いたのが拙著『犀星　句中游泳』(平12、紅書房)なのだが、本句集に併せてお読みいただければ幸いである。

●死なずけり

「うた告ぐるひともあらなく夏あはれ」。これは軽井沢から丸山泰司にあてた、昭和三十五年九月四日の葉書に記された犀星の句である。昭和三十五年は六月末に軽井沢へ行き、矢ヶ崎川畔に文学碑建立の選定をしている。その翌年「切なき思ひぞ知る」を刻した文学碑は完成するのだが、犀星はその文学碑のすぐ先の奥まった所に、馬込の庭から運んだ一基の石倆人を安置し、その下にとみ子夫人の分骨を納めた。現在そこには二基の石倆人が並び立っているが、犀星はそこをとみ子夫人の鎮魂の場としただけではなく、自らの墓所とも考えていたのである(現在、犀星およびとみ子夫人の墓所は金沢市郊外の野田山にある)。「うた告ぐる」の句の「あはれ」は、石倆人の前にあってより一層深さを増す。なお、犀星は「おもゆのみたべをへしあとのいく日ぞ」を巻頭に収めたとみ子夫人の遺句集『とみ子発句集』を、昭和三十五年三月に上梓している。

新潮社版『室生犀星全集』で見ることのできる最後の句は、「山峡に人の住みゐて死なずけり」である。これは、昭和三十六年七月二十日付の、軽井沢から出された小島きくえ宛の絵葉書に記されている。口絵の写真は、その翌月の犀星の姿である。この夏が、軽井沢生活の最後であった。九月、体調を崩した犀星は馬込に帰る。病因不明のまま虎の門病院に入院。十月十七日、妻とみ子の三周忌の前日、肺癌であることが娘朝子に告げられるが、本人には知らされないまま入院を続け、十一月八日に退院する。そこまでの心境・出来事を描いたのが昭和三十七年二月『新潮』に載せた「われはうたへどやぶれかぶれ」であった。本多秋五は、翌月の『新潮』の「創作合評」で、これを楢山の戦慄的なカミの使いを次の間に待たせて書いた「特殊な秘境物」だと言っていた。昭和三十七年三月一日再入院。同年同月二十六日永眠。何を思い犀星は「死なずけり」と詠じたのであろうか。

犀星は「芥川君や僕などのいはゆる文壇人の俳句はみな余技のやうに云はれてゐるし、あるひは余技であるかも知れぬが、しかし、俳句をつくる時にはいつも句中の鬼と格闘するほどの気組で句中に悶えてゐるのだ」(「俳句、詩、小説」)と書いている。犀星俳句は、俳魔に襲われ、句中の鬼と格闘し、そしてやがては俳魔を友としつつ創造された、文人の余技として片付けてしまうわけにはいかない作品なのである。

●雅号のこと

最後に、自身の雅号について犀星が記している文章「雅号の由来」(『東京朝日新聞』昭14・7・30)を紹介しておく。

私ははじめ照文といふ号を持つてゐた。一七八の頃である。後に俳号をつけるために犀西としたのであるが、それは同じ金沢出身の先輩に国府犀東さんがゐられ、私は犀東としてあるからにはきつと犀川の東の方に住んでゐられたのであらうと思つた。

では、国府犀東さんのやうな立派な詩人にならうと考へ、にはかに犀西と名乗つてみたが、気がさしてならなかつた。その時代は星や菫の流行時代だつたので私も恥かしながら、つひに、犀星と名づけたのである。十九くらゐの時であるから既に永い間つかつてゐる訳である。

べつに私は、このごろつかはないけれど魚眠洞といふ俳号を持つてゐた。芥川君が我鬼といふ雅号をつかはなくなり澄江堂とつけかへた時分であつたから、大して古いことではない、このごろ魚眠洞といふ雅号もいやになり、殆ど、つかはなくなつた。

ひとしきり犀星がいやになつて本名で原稿を書いて見たが、どうも本名では困る、やはり犀星にしてくれと雑誌社の人にいはれ、それ以来、やはり犀星でとほすことにした。あまり小さい時分につけたので犀星では小僧ツ子のやうな気がしてならないのである。

「犀星」という筆名が初めて用いられたのは、明治三十九年三月三日『政教新聞』に詩「血あり涙ある人に」を載せた、満十六歳の時だと思われる。犀星は終生これを用いた。

一方、「魚眠洞」は、大正末年から昭和初年にかけての頃というごく限られた時代に使われたようである。

『抒情小曲集』は何度か出版されているが、大正十二年七月アルスから出されたそれの「再刊小言」には「魚眠洞主人識」とある。また、大正十四年六月新樹社から出された『魚眠洞随筆』の「序」にも「魚眠洞識」とあるが、それが昭和四年三月武蔵野書院から再版されたときの「再版序言」では「著者」となっており、昭和四年四月武蔵野書院発行の『魚眠洞発句集』の「序文」も「著者」となっている。俳句では、大正十五年七月『詩歌時代』に「青梅の籠」（六句）、同九月『驢馬』に「杏と蛙」（二句）を載せたときなどに、「魚眠洞」を用いているに過ぎないようだ。「魚」を女人のように愛好し、詩に小説に個性的な「魚」作品を創造した犀星に、「魚眠洞」という俳号はたいへん相応しいと思われるのだが。「魚眠洞」を用いなくなったのは、最も親しかった文友の一人、「澄江堂」（芥川龍之介）の死に強い衝撃を受けたからであろうか。その死は、昭和二年七月二十四日であった。その後犀星の文学は劇変し、厳しさを増す。「魚眠洞」との別れの背景には、芥川への哀惜の情と自身の変革への意思が見えるようにも思われる。

室生犀星略年譜

一八八九年（明治二十二年）
八月一日、石川県金沢市裏千日町三一番地（一説に富山県高岡市）に生まれる。父は小畠弥左衛門吉種。母は吉種の女中であった佐部ステとも、芸妓であった山崎千賀とも、また、吉種の妻まさの姪にあたる池田初ともいうが、不明。生まれて間もなく、雨宝院の隣地に住む赤井ハツ（雨宝院住職室生真乗の内縁の妻）に貰われ、私生子、照道《てるみち》として届出られる。

一八九六年（明治二十九年）七歳
二月、室生真乗の養嗣子となり室生姓を継ぐ。

一八九八年（明治三十一年）九歳
三月十五日、実父吉種死去。その夜実母は失踪し行方不明になった、と自叙伝にある。

一九〇二年（明治三十五年）十三歳
五月、長町高等小学校を三年で中途退学。義兄真道の勧めていた金沢地方裁判所に給仕として就職。

一九〇四年（明治三十七年）十五歳
十月、『北国新聞』に照文の筆名で「水郭の一林紅し夕紅葉」の一句が載る。

一九〇九年（明治四十二年）二十歳
九月、裁判所を退職。

一九一〇年（明治四十三年）二十一歳
五月、上京。貧困、希望と失意の青春放浪生活が始まる。

一九一三年（大正二年）二十四歳
晩春、『朱欒』掲載詩を見た萩原朔太郎から突然手紙をもらい、以来親交を結び、生涯の詩友となる。

一九一五年（大正四年）二十六歳
三月、萩原朔太郎、山村暮鳥と三人で『卓上噴水』を創刊。

一九一六年（大正五年）二十七歳
六月、萩原朔太郎と『感情』を創刊。

一九一七年（大正六年）二十八歳
九月二十三日、養父真乗死去。家督を継ぎ、寺院を売却する。

一九一八年（大正七年）二十九歳
一月、第一詩集『愛の詩集』刊行。同月、芥川龍之介を知る。二月、浅川とみ子と結婚。九月、第二詩集『抒情小曲集』刊行。

一九一九年（大正八年）三十歳
八月、「幼年時代」を『中央公論』に載せる。続いて十月に「性に眼覚める頃」、十一月に「或る少女の死まで」を同誌に発表。
一九二一年（大正十年）三十二歳
五月六日、長男豹太郎誕生。
一九二二年（大正十一年）三十三歳
六月二十四日、豹太郎夭逝。十二月、亡児を悼む作品を収めた『忘春詩集』刊行。
一九二三年（大正十二年）三十四歳
八月二十七日、長女朝子誕生。十月、関東大震災後、家族と共に金沢に帰る。
一九二五年（大正十四年）三十六歳
一月、単身上京。二月、田端六〇八番地の借家に家族を迎える。三月、第一童話集『翡翠』刊行。六月、第一随筆集『魚眠洞随筆』刊行。
一九二六年（大正十五年・昭和元年）三十七歳
九月十一日、二男朝巳誕生。
一九二七年（昭和二年）三十八歳
七月、芥川龍之介の自殺に衝撃を受け、文学者としての新たな決意と覚悟をもつ。
一九二八年（昭和三年）三十九歳
四月二十八日、養母ハツ死去。五月、評論・随筆集『芭蕉襍記』刊行。
一九二九年（昭和四年）四十歳
四月、第一句集『魚眠洞発句集』刊行。
一九三一年（昭和六年）四十二歳
七月、軽井沢一一三三番地に別荘を新築。
一九三二年（昭和七年）四十三歳
四月、荏原郡馬込町久保七六三番地に新築転居。終《つい》の住処《すみか》となる。
一九三四年（昭和九年）四十五歳
七月、「あにいもうと」を『文藝春秋』に発表、これを機に創作活動盛んになる。
一九三五年（昭和十年）四十六歳
六月、野田書房版『犀星発句集』刊行。
一九三六年（昭和十一年）四十七歳
九月、『室生犀星全集』（全十三巻別冊一巻）が非凡閣から刊行される（昭和十二年十月完結）。
一九三七年（昭和十二年）四十八歳
四月十八日、東京を立ち、旧満州・朝鮮への生涯ただ一回の海外旅行をする。（同年五月二日帰国）

一九三八年（昭和十三年）四十九歳
十一月十三日、妻とみ子脳溢血で倒れ半身不随となる。
この年、〈市井鬼もの〉が姿を消し、高揚期が終わる。
一九四一年（昭和十六年）五十二歳
三月、金沢、尾山倶楽部で講演、（演題「文学者と郷土」）
これが金沢を訪れた最後となる。
一九四三年（昭和十八年）五十四歳
八月、桜井書店版『犀星発句集』刊行。
一九四四年（昭和十九年）五十五歳
八月中旬、軽井沢に疎開する。
一九四九年（昭和二十四年）六十歳
九月、軽井沢の疎開生活を切り上げ、馬込の家に帰る。
一九五四年（昭和二十九年）六十五歳
一月下旬から二月下旬まで、胃潰瘍で入院。
一九五七年（昭和三十二年）六十八歳
十月、『杏つ子』刊行。
一九五八年（昭和三十三年）六十九歳
一月、「杏つ子」によって、読売文学賞を受賞。十一月、『室生犀星作品集』（全十二巻）が新潮社から刊行される（昭和三十五年五月完結）。十二月、評伝集『我が愛する詩人の伝記』刊行。

一九五九年（昭和三十四年）七十歳
三月、句集『遠野集』刊行。十月十八日、妻とみ子死去。
十一月、長篇小説『かげろふの日記遺文』刊行。同月、「我が愛する詩人の伝記」によって、毎日出版文化賞を受賞。十二月、「かげろふの日記遺文」によって、野間文芸賞を受賞。その賞金を基にして、室生犀星詩人賞の設定、自身の文学碑の建立、妻とみ子の遺稿句集の刊行を行うことにする。
一九六〇年（昭和三十五年）七十一歳
三月、『とみ子発句集』を刊行し知人に贈る。
一九六一年（昭和三十六年）七十二歳
七月、軽井沢矢ヶ崎川畔に詩碑完成。十月六日、虎の門病院に入院。検査の結果、肺癌の診断が下る。十一月八日、退院。
一九六二年（昭和三十七年）
三月、『室生犀星全詩集』刊行。三月一日、虎の門病院に再入院。同月二十六日午後七時二十六分、肺癌のため永眠。従四位に叙せられ、勲三等瑞宝章を贈られる。四月、絶筆「老いたるえびのうた」が掲載され、五月、『われはうたへども　やぶれかぶれ』が刊行される。

（編者編）

五十音索引

本集の犀星俳句を表音式五十音順に配列。初句が同じ句の場合は、適宜、表記を定めて一つの初句で代表させた。各句下の漢数字は本文の頁を示す。

あ

い

う

え

お

か

ふ

へ

ほ

ま

み

む

め

も

や

ゆ

編者略歴

星野晃一（ほしの こういち）

昭和11年（1936）東京に生まれる。

早稲田大学第一文学部卒業。元、城西国際大学教授、武蔵野大学客員教授。

著書、『室生犀星―幽遠・哀惜の世界』（明治書院）『室生犀星―創作メモに見るその晩年』（踏青社）『犀星 句中游泳』（紅書房）『室生犀星―何を盗み何をあがなはむ』（踏青社）『犀星書簡 背後の逍遥』（わらしべ舎）『「杏つ子」ものがたり―犀星とその娘・朝子』（紅書房）他。

編著、『新生の詩』（愛媛新聞社）『室生犀星句集』（紅書房）『童謡集――蘇る「幻」の調べ――』（わらしべ舎）『室生犀星アルバム・切なき思ひを愛す』（共編・菁柿堂）『室生犀星文学年譜』（共編・明治書院）『室生犀星書目集成』（共編・明治書院）『室生犀星未刊行作品集』全六巻（共編・三弥井書店）『多田不二著作集』全二巻（共編・潮流社）『多田不二来簡集』（共編・紅書房）『集英社国語辞典』（共編・集英社）など。

室生犀星句集　改訂版　星野晃一編　奥附

著者　室生犀星＊装幀　木幡朋介＊発行日　平成二十一年八月一日　初版
令和五年五月二十四日　改訂版

発行者　菊池洋子＊組版印刷　キャップス／明和印刷＊製本　新里製本所

発行所　〒一七〇・〇〇一三　東京都豊島区東池袋五丁目五十二ノ四ノ三〇三

紅（べに）書房　info@beni-shobo.com　https://beni-shobo.com

電話　〇三（三九八三）三八四八

ＦＡＸ　〇三（三九八三）五〇〇四

振替　〇〇一二〇-三-三五九八五

落丁・乱丁はお取換します

ISBN978-4-89381-360-2 C0092

Printed in Japan, 2023

「杏《あんず》つ子《こ》」ものがたり
―犀星とその娘・朝子

星野晃一 著

犀星研究に生涯をかけて打ち込む著者の渾身の作。伝説のベストセラー『杏つ子』(読売文学賞受賞作)のさまざまな秘密が明らかに。犀星の自叙伝とも言える『杏つ子』を主に、朝子氏がみずから書いた『赤とんぼ記』を従に読み解く。

四六判上製カバー装　三五二頁　**本体三〇〇〇円(税別)**

犀星　句中游泳

星野晃一 著

生涯〝俳魔〟を友として生きた室生犀星。犀星俳句の魅力にとりつかれた著者は、いつしか自らの研究室をとび出し、犀星俳句の世界に游泳する。はば広い知識と緻密な考証を生かして出来上った詩情あふれる新しい犀星論。

再版　四六判上製カバー装　三四四頁　**本体二三〇〇円(税別)**

春

ふるさとや白山吹せ町

桃散る里に便かな

螢

夏

紅書房出版目録

●二〇二四年六月十八日

紅書房
〒一七〇-〇〇一三
東京都豊島区東池袋五-五二-四-三〇三
TEL 〇三(三九八三)三八四八
FAX 〇三(三九八三)五〇〇四
https://beni-shobo.com info@beni-shobo.com

新刊・近刊案内

花あはれ　和歌千年を詠みつがれて　松本章男
失われゆく日本本来の花と草木。和歌の世界に精通した作家が百人の秀歌から描く、今一度共に味わいたい自然への愛惜。
四六判ソフトカバー　二六〇頁　本体二〇〇〇円　978-4-89381-368-8

与謝野鉄幹(寛)・晶子作品集―小説・随筆・研究―
逸見久美・田口佳子・坂谷貞子・神谷早苗　編
与謝野文学の新たな道。夫妻の珍しい小説・随筆・研究作品をまとめた。実績ある逸見久美氏と研究者による労作。
A五判上製カバー装　二四八頁　本体二三〇〇円　978-4-89381-366-4

「杏つ子」ものがたり　犀星とその娘・朝子　星野晃一
室生犀星の長編小説『杏つ子』のさまざまな秘密が明らかに。
四六判上製カバー装　三五二頁　三〇〇〇円　978-4-89381-357-2

虚子点描　矢島渚男
近代俳句界の巨人・虚子の数々の名句を鑑賞し考察する。
四六判上製本　二五六頁　二二〇〇円　978-4-89381-349-7

泉鏡花俳句集　秋山稔　編
美と幻想の作家鏡花の初句集。鑑賞文・高橋順子(詩人)
四六判変型上製本　二四〇頁　一八〇〇円　978-4-89381-337-4

紅書房の歳時記

吟行歳時記　上村占魚編
改訂第五版　装釘＝中川一政　ポケットサイズ
上製・函入　六〇八頁　三三九八円　978-4-89381-032-8

祭り俳句歳時記〈新編・月別〉　山田春生編
日本全国の祭・神事・郷土芸能一二三三項目。
新書判大　三六〇頁　一八〇〇円　978-4-89381-266-7

きたごち俳句歳時記　柏原眠雨編
掲載季語二四八八項目を網羅。解説詳細。例句も豊富。
新書判　六〇〇頁　三五〇〇円　978-4-89381-297-1

俳句帖　題字＝中川一政
日本の伝統色五色による高級布製表紙。ポケットサイズ
季寄抄入り　紅書房版　五冊一組　三〇〇〇円

身辺の記 III　矢島渚男
好評の『身辺の記I・II』後の最新エッセイ。俳句をはじめ諸芸術、生物や地球、宇宙などへの自在な思考が味わえる佳書。
四六判変　上製カバー装　一九二頁　本体二〇九一円　978-4-89381-369-5

明日(あした)の船　原雅子句集
明日乗る船を見てをり春の雨
第三句集　四六判ソフトカバー　二〇〇頁　本体二五〇〇円　978-4-89381-370-1

大久保房男の本

戦前の文士と戦後の文士

「純文学の鬼」といわれた元編集長が語る戦後文壇史。
四六判 上製・函入 二四〇頁 二三〇〇円 978-4-89381-273-5

文士と編集者

文士との火花を散らすような交流を綴る。
四六判 上製・函入 三五二頁 二五〇〇円 978-4-89381-239-1

終戦後文壇見聞記

終戦後の十数年間に著者が自ら見、聞いた文壇や文士たちの真実。
再版 四六判 上製・函入 二九二頁 二五〇〇円 978-4-89381-214-8

文士とは

金も名誉も命さえもかえりみず、野垂れ死に覚悟で文学に励む文士たちのすさまじい姿を、文士的編集者が語る好著。
二刷 四六判 上製・函入 二二四頁 二三〇〇円 978-4-89381-131-8

理想の文壇を

文学の衰退は文壇の俗化にあるとする名編集長が語る、具体的で興味深い文壇批判。
二刷 四六判 上製・函入 三〇〇頁 二四二七円 978-4-89381-069-4

文藝編集者はかく考える

ホンモノだけを追求した名編集長が綴る文章と文士と文壇。
改訂四版 四六判 上製・函入 三七二頁 二五〇〇円 978-4-89381-007-6

海のまつりごと

名編集長が海に生きる人々の社会の中に原日本人の姿を追求した書下ろし小説。藝術選奨文部大臣新人賞受賞作〈平成三年度〉
再版 四六判 上製・函入 三六〇頁 二七一八円 978-4-89381-058-8

尾崎左永子の本

源氏物語随想—歌ごころ千年の旅

五十四帖各帖ごとの筋と読みどころ及び文中和歌の鑑賞を添え、この一冊で源氏物語が丸ごとわかる本。
装画・齋藤カオル 四六判 上製カバー装 二八二頁 二三〇〇円 978-4-89381-2780

古典いろは随想

知ればとってもトクな古典文学ものしり帖。
再版 四六判 上製カバー装 二六四頁 二三〇〇円 978-4-89381-224-7

梁塵秘抄漂游

王朝末期の華麗と無常。平安人の純な喜怒哀楽の姿が歌謡を通して生き生きと綴られる。
三刷 四六判 上製カバー装 二八〇頁 二三三三円 978-4-89381-075-5

歌集 彩紅帖

歌集『さるびあ街』に続く第二歌集
A五判変型 上製・函入 二五二四円 978-4-89381-046-5

梶井重雄の本

万葉の華

A五判 上製カバー装 二六四頁 二八五八円 978-4-89381-237-7

歌集 天耳(てんに)

第六歌集 A五判 上製カバー装 二〇〇頁 二三八一円 978-4-89381-222-3

返照

A五判 上製カバー装 一九二頁 二八五八円 978-4-89381-228-5

複眼の世界——読書と読書会

A五判 上製カバー装 二五六頁 二八五八円 978-4-89381-247-6

歌集 光冠の彩《いろ》

百歳記念 第七歌集 A五判 上製カバー装 一九六頁 二八五八円 978-4-89381-274-2

●品切の本
万葉植物抄

上村占魚の本

句集 自問

第十句集 四六判 上製・函入 二八〇頁 三三九八円 978-4-89381-029-8

句集 放眼

第十一句集 四六判 上製・函入 二六四頁 三三九八円 978-4-89381-078-6

句集 玄妙

遺句集 第十二句集 四六判 上製・函入 二一六頁 二九一二円 978-4-89381-100-4

評論随想集 占魚の世界

四六判 上製カバー装 三〇四頁 二八五八円 978-4-89381-235-3

瓢簞から駒 上村占魚随筆集

四六判変型 上製カバー装 一六八頁 二三八一円 978-4-89381-260-5

●品切の本
高野素十俳句私解
鑑賞 徹底寫生 創意工夫
遊びをせんとや
占魚季語逍遥

国境

柏原眠雨

島国の日本には陸上の国境がない。二十世紀前半の一時期に樺太と朝鮮で日本領土にも地上の国境が存在したことがあるが、現地で国境体験をした人はごく僅かに限られる。だが、世界の諸大陸にある国々では、国境を意識して生きる人々がたくさんいる。

一年をドイツで過ごしたことがある。ヨーロッパにはたくさんの国があり、折々に国境を越える経験をした。交通量の多い道路では国境に検問所のあることが多く、車で通るに旅券の提示が求められる。入国にビザを要求する国もあり、その場合には予め用意する面倒があった。もっとも、EU誕生後は、加盟国間での移動は自由化されている。

ところで、二国間の国境は線であるが、三つの国の接する場所となると、三本の線がぶつかることとなり、そこは点になる。そんな場所へ一度行ったことがある。ドイツの古都アーヘンの近くの、ドイツとオランダとベルギーの三国の国境接点地である。

アーヘンから車でそこへ行くには、一旦オランダへ入りベルギーへと回らなければならず、検問を二度潜る面倒があるので、地図で細道を見つけ、直接当所へ向かった。やがて車が通れないほど道が細くなり、車を置いて歩いて急坂を上った広場に、三国国境交点を示す小さな石柱があった。三つの面に三国を意味するDとHとBの字が刻まれていた。

国境といえば、ウクライナへと国境を侵犯して攻め入ったロシアの妄挙が悲しい。

（俳人・俳人協会顧問／哲学者・東北大学名誉教授）

室生犀星と軽井沢

大藤　敏行

このたび、『室生犀星句集』改訂版（令和五年五月、紅書房刊、星野晃一編）が刊行された。室生犀星が生前に編んだ四句集および随筆集収載句より六一〇句が収録されている。

軽井沢での俳句もはっきり分かるものだけで二十句ほどが収められている。「山ぜみの消えゆくところ幹白し」、「山やけて天つ日くらしきりぎりす」、「行春や菫をかこふひとところ」などである。浅間山麓の豊かな自然の中で、花や虫などの小さな命や自然などに温かな目が注がれている。

巻末の解説によれば、室生犀星が俳句と出合ったのは、義兄真道に連れられて金沢の近所に住む俳句の宗匠十逸老人の家を訪ねた時、満十四歳の頃であったという。

詩人として出発し、後に小説家に転じた人は少なくないが、犀星のように小説と詩を晩年まで書き続けた人はそれほど多くない。犀星の場合、それに加えて少年時に出合った俳句も晩年まで作り続けた。「俳句は私にとって有難い美しい母胎であった」と本人も書いている。

私は、軽井沢ゆかりの文学者の資料を収集・保存・展示する軽井沢高原文庫に勤務しており、軽井沢における室生犀星に関心を持っている。そこで室生犀星と軽井沢について、少しふれてみたいと思う。

室生犀星が初めて軽井沢を訪れたのは、大正九年七月のこと。長野市へ旅行した帰りに軽井沢に立ち寄り、つるや旅館に宿泊した。宿の周辺を散歩していると、「青い低い木立をめぐらしてある西洋人の別荘がその白いカーテンや長椅子や白い服をきた姿とよく釣合って、涼しげに林間の小径に見られた」と「旅のノオトから」に綴っている。

三年後の大正十二年夏には、犀星は三カ月前に知り合った堀辰雄（当時十八歳）を軽井沢に誘い、半月ほど共に過ごした。犀星という人は親しい友人や知人を軽井沢に誘い、軽井沢との縁をつくったという点で、軽井沢文学にとって大恩人と言える。

大正十三年八月、犀星は芥川龍之介とつるや旅館の離れを借りて、襖を隔てた部屋で十二日間を過ごした。その様子は随筆「碓氷山上之月」に描かれている。そこに「ぽつたりと百合ふくれゐる縁の先」、「秋ぜみの明るみ向いて啞かな」、「草かげでいなごがひとり微笑うた」、「鯛の骨たたみにひらふ夜寒かな」の四句が出てくる。翌年夏も二人はつるやに滞在し、そこへ萩原朔太郎が妹二人を連れて前橋から犀星を訪ねてきた。

昭和六年、犀星は軽井沢・大塚山下に別荘を新築した（軽井沢一一三三番）。東京馬込に家を建てる一年前のこと。犀星はそれ以降、亡くなる前年までの実に三十年余り、七月から九月までの約三カ月を別荘で過ごした。戦中戦後の約五年間は疎開生活を送った。

犀星は、別荘で執筆に励むかたわら、丹精込めて庭を作った。飼っていた猫にミュン子、カメチョロなどと名付け、慈しんだ。きりぎりすなどの虫を籠に入れて鳴き声を聴き、また骨董を愛した。

正宗白鳥や志賀直哉、川端康成、堀辰雄、津村信夫、立原道造、中村真一郎、福永武彦、円地文子ら、多くの文学者らと交友も楽しんだ。高山古美術店をはじめ、親しく付き合った店も多い。戦後、犀星は地元の軽井沢高校の校歌を作詞し、それは現在も歌われている。

亡くなる一年前、生前唯一となる自らの詩碑を軽井沢矢ヶ崎川畔に建てた。詩集『鶴』の中の「切なき思ひぞ知る」を自筆し、吉田三郎に字彫を依頼し碑文とした。

室生犀星が軽井沢を深く愛した文学者であることは誰もが認めるに違いない。私は、明治以降で軽井沢で最も長い時間を過ごし、軽井沢の美しくも厳しい自然などを詩・小説・随筆・俳句で表現した文士の筆頭は室生犀星ではないかとひそかに考えている。

〈軽井沢高原文庫館長〉

発売中 表示の本体価格に税が加算されます。

戦前の文士と戦後の文士 大久保房男
四六判 上製・函入 二四〇頁 本体二三〇〇円

文士と編集者 大久保房男
四六判 上製・函入 三五二頁 本体二五〇〇円

終戦後文壇見聞記 大久保房男
再版 四六判 上製・函入 二九二頁 本体二五〇〇円

文藝編集者はかく考える 大久保房男
第四版 四六判 上製・函入 三七二頁 本体二五〇〇円

書下ろし長篇小説・藝術選奨文部大臣新人賞受賞
海のまつりごと 大久保房男
再版 四六判 上製・函入 三六〇頁 本体二七一八円

古典いろは随想 尾崎左永子
再版 四六判 上製カバー装 二六四頁 本体二三〇〇円

梁塵秘抄漂游 尾崎左永子
三刷 四六判 上製カバー装 二〇八頁 本体二三三三円

源氏物語随想—歌ごころ千年の旅 尾崎左永子
四六判 上製カバー装 二八〇頁 本体二三〇〇円

友 臼井吉見と古田晁と 柏原成光
四六判 上製カバー装 二四八頁 本体二〇〇〇円

随筆集 **鯛の鯛** 室生朝子
四六判変型 上製カバー装 二八八頁 本体一九〇五円

犀星 句中游泳 星野晃一
四六判 上製カバー装 三四四頁 本体二三〇〇円

室生犀星句集 改訂版出来 星野晃一編
文・川上弘美、四六判変型上製 二四〇頁 本体一八〇〇円

俳句の明日へⅡ —芭蕉・蕪村・子規をつなぐ 矢島渚男
再版 四六判 上製カバー装 三〇八頁 本体二四〇〇円

俳句の明日へⅢ—古典と現代のあいだ— 矢島渚男
四六判 上製カバー装 三一二頁 本体二四〇〇円

身辺の記／身辺の記Ⅱ 矢島渚男
「梟」主宰 四六判変 上製カバー装 本体各二〇〇〇円

風雲月露—俳句の基本を大切に 柏原眠雨
四六判 上製カバー装 三九二頁 本体二五〇〇円

公害裁判 イタイイタイ病訴訟を回想して 島林樹
再版 A五判 上製カバー装 七二八頁 本体二八五八円

裁判を闘って 弁護士を志す若き友へ 島林樹
四刷 A五判 上製カバー装 三三六頁 本体一八〇〇円

想い出すままに
与謝野鉄幹・晶子研究にかけた人生 逸見久美
四六判 上製カバー装 三三六頁 本体二三〇〇円

私の万華鏡—文人たちとの一期一会 井村君江
四六判 上製カバー装 二八六頁 本体二五〇〇円

●和歌秀詠アンソロジー・二冊同時発刊

恋うた 百歌繚乱 松本章男
四六判 上製カバー装 三五四頁 本体二三〇〇円

心うた 百歌清韻 松本章男
四六判 上製カバー装 三六〇頁 本体二三〇〇円

新刊・近刊

「杏つ子」ものがたり
犀星とその娘・朝子 星野晃一
四六判上製カバー装 三五二頁 本体三〇〇〇円

虚子点描 矢島渚男
四六判上製カバー装 二五六頁 本体二二〇〇円

泉鏡花俳句集 秋山稔 編
初句集。五四四句収載。鑑賞・高橋順子 解説・秋山稔
四六判変型 上製本 二四〇頁 本体一八〇〇円

沙羅の咲く庭
こころの妙薬 飯塚大幸
四六判変型並製カバー装 二四〇頁 本体一五〇〇円

歌集 **歳月を積む** 稲垣妙子
跋・奈賀美和子 四六判上製カバー装 一五二頁 本体二五〇〇円

歌集 **朝陽** 沢野唯志
第二歌集 A五判上製カバー装 一六八頁 本体二五〇〇円

讃歌 山本泰子句集
第一句集 四六判上製カバー装 一二八頁 本体二五〇〇円

句集 **あめつち** 奥田杏牛
第十一句集 A五判上製箱入 二二〇頁 本体四〇〇〇円

〈炎環叢書〉
15 句集 **紺の背広** 前島きんや
序・石寒太 四六判 並製 一九六頁 本体一八〇〇円

紅通信第八十二号 発行日/2023年９月22日 発行人/菊池洋子
発行所/紅(べに)書房 〒170-0013 東京都豊島区東池袋5—52—4—303
振替/00120-3-35985 電話/03-3983-3848 FAX/03-3983-5004
https://beni-shobo.com info@beni-shobo.com